U0559573

阿赫玛托娃诗文集

回忆与随笔

［俄罗斯］阿赫玛托娃 著

高莽 译

上海文化出版社

1911年

1916年与古米廖夫和列夫

1922年

好友格列博娃-苏杰伊金娜在1920年代

1965年在牛津接受名誉博士学位

与帕斯捷尔纳克

目　录

前　言

　　安娜·阿赫玛托娃是 20 世纪俄罗斯杰出女诗人，她的诗作日益为世界更多的读者所熟悉、所热爱。过去泼在她身上的污水，已云消雾散。

　　两年前，台北人间出版社为她出版了两本诗集《我会爱》（短诗）和《安魂曲》（长诗），据说受到读者青睐。该社社长吕正惠邀我再编一本阿赫玛托娃的随笔集，这也正是我长期以来的想法。

　　审读、挑选和补译她这方方面面的著作，工作量很大、很难，也相当复杂，但我愿接受这一任务，因为我喜爱她的作品并想尽力把它做好。

　　阿赫玛托娃从早期的爱情诗，随着生活坎坷的经历、亲人的丧失和灾难的来临，逐渐转向对社会的拷问。诗的腔调变了——开始有些揭露、抗争，最后发展到充满哲理的控诉和抨击。

　　散文和随笔并非阿赫玛托娃的长处。她说过："我从小熟悉的全部是诗，而对散文从来一窍不通。"她觉得"散文既神秘莫测又诱人试探"。

翻阅她身后公布的遗稿，发现她一生中写了不少散文、随笔、日记、书信等，虽然大部分没有最后完成，也有的因不能保留而被销毁，可是其中已包含着她对非诗歌文体的探讨。

她多次试写过自己。少年时写过，中年时写过，1942—1943年战争疏散到塔什干时写过，晚年也写过。她写的随笔有的保留了只言片语，有的留在脑海中，后来凭自己和别人的记忆重写。

她把自己的随笔称作"记忆的闪光""潦草的笔记"，准备通过个人的经历写出她那一辈人的命运，甚至为未来的作品起了书名——称之为《我的半个世纪》。这部书她没有写完，确属文坛憾事。但它已存在，因为其中提到的人都属于历史人物。

阿赫玛托娃晚年很注意别人写她的事。她不止一次说过："我不希望别人篡改我的历史。"如她与勃洛克的关系，标题本身就充满争论性：《我如何没有和勃洛克发生浪漫史……》。与她的诗作相辅相成，力求真实，如《在你的光荣的历史中难道可以留下空白?》这是用诗写下的随笔。

从阿赫玛托娃散落的记述来看，她的文章除青少年时代的回忆之外，后期的文章偏重于与他人有失真实成分的历史进行了争辩。阿赫玛托娃的记忆力较强，她尽量如实地恢复历史原貌，如有关她的第一个丈夫古米廖夫①，她对于一些文友和流亡国外的

---

① 古米廖夫（1886—1921），俄国诗人，文风典雅，他从事文学翻译，是阿赫玛托娃的第一任丈夫，1921年以"反革命阴谋暴乱罪名"被处决，后被平反。

文人的臆造的情节，从不同的观点，作了坦率的表白。

阿赫玛托娃不止一次提到曼德尔施塔姆的《时代的喧嚣》和帕斯捷尔纳克的《安全保护证》，她认为这两部自传体随笔是她写作随笔的榜样，欲以同样的精神完成自己的传记，并不无自嘲地说，她的自传与这两位姊妹相比，不啻"灰姑娘"。

从阿赫玛托娃的随笔中，我们还可以了解19世纪末、20世纪初俄罗斯各文学流派的内幕、它们的演变和成员之间的矛盾。

阿赫玛托娃的随笔是一位大诗人的随笔，别有一番风貌，和她的诗作一样是探讨新路的文体。需要读者慢慢咀嚼，它的内容、它的品位才会渗透人心！

高莽

2013 年 10 月 25 日

回忆的散页

　　这里译的都是从阿赫玛托娃的散记、日记，甚至其他人代记的杂记中摘出来的有关她的生平材料。主要根据两部文集，即莫斯科文艺出版社 1990 年出版的《安娜·阿赫玛托娃文集》（两卷本）和莫斯科艾里斯·拉克出版社 2001 年出版的《安娜·阿赫玛托娃文集》（六卷本）。

　　有些段落我重新进行了排列，删除了一些重复的部分，并从其他文集补充了一些材料。

高莽

青少年时代的安娜

岗亭①

我和卓别林、托尔斯泰的《克莱采奏鸣曲》②，埃菲尔铁塔，好像还有艾略特③，是同年诞生于世的，巴黎正在欢庆巴士底狱陷落一百周年——1889年。我出生的那天夜里，大家都在过古老的著名节日"伊万之夜"④——6月23日。

为了纪念外祖母安娜·叶戈罗夫娜·莫托维洛娃⑤，便给我

---

① 阿赫玛托娃把敖德萨近郊萨拉金尼别墅称为"岗楼"，那儿是她的出生地。1955年，苏联文学基金会在科马罗沃分配给她一座住宅，她也把它叫作"岗亭"。
② 法国提琴艺术奠基人、作曲家克莱采（1766—1831）之作。1889—1890年，列·托尔斯泰写过一部以此为名的中篇小说，引起评论界强烈的反响。
③ 艾略特（1888—1965），英国诗人，他的长诗《荒原》表现了第一次世界大战后产生的世纪末的悲哀和人类创造力衰竭的情调。
④ 俄罗斯古老的传统节日，这一天人们举行宗教仪式驱赶妖魔。
⑤ 阿赫玛托娃的外祖母本姓莫托维洛娃（嫁给斯托格夫；1817—1863），她出身于西伯利亚贵族阿赫玛托夫家族。传说他们属于鞑靼汗阿赫玛特家族。1482年阿赫玛特遭暗杀。

也起了"安娜"这个名字。我外祖母是鞑靼女公爵阿赫玛托娃（成吉思汗的后裔），我用她的名氏作为自己的笔名，没想到自己会成为俄罗斯女诗人。

我出生在距敖德萨不远的萨拉金尼别墅（大喷泉街蒸汽火车第十一站）。这座小别墅（更像是农村小木屋）坐落于一道非常狭窄的下坡的地方——与邮局毗邻。那里海岸陡峭，蒸汽小火车的铁轨紧挨着岸边。

我十五岁时，家住在卢斯特多尔夫①，有一次路过萨拉金尼别墅时，妈妈让我下车去看一看我长大后再没有回过的地方。我在小木屋门口说："将来这儿会挂上一块纪念牌。"我并不是一个贪图虚名的女人，当时只不过是一个愚蠢的笑话。妈妈却伤心了，她说："天哪，我怎么没有把你教育好啊！"

1957 年

*   *   *

……我们家没人写过诗。只有俄国第一位女诗人安娜·布宁娜②是我外祖父埃尔兹·伊万诺维奇·斯托戈夫的姑妈。斯托戈夫一家在莫斯科省莫扎伊斯县原本是并不富庶的地主。当年因马

---

① 敖德萨近郊的别墅。
② 安娜·布宁娜（1774—1829）是埃·斯托戈夫（1797—1880）的远亲。

尔法夫人①领导的暴动，他家被迁移到那里。他们在诺夫哥罗德时，生活更阔绰，名气更显赫。

我的祖先阿赫玛特汗被一个俄罗斯人深夜杀害于帐篷中。从此，按卡拉姆津②的说法，俄国便摆脱了蒙古人的沉重枷锁。

这一天，为了庆祝幸福的来临，举行了十字架游行，从斯列坚斯基修道院徒步走到莫斯科。而这个阿赫玛特，众所周知，正是成吉思汗的后裔。

阿赫玛特家中的一位公主是普拉斯科维娅·叶戈罗夫娜③。18世纪，她嫁给西伯利亚家财万贯、赫赫有名的地主莫托维洛夫。叶戈尔·莫托维洛夫就是我的曾外祖父。他的女儿安娜·叶戈罗夫娜就是我的外祖母。我母亲九岁时，外祖母去世了，为了纪念她，给我起了名字叫安娜。用她头上的装饰品做了几只戒指，上边镶有钻石，有一只镶的是绿宝石。她的顶针我都无法戴，虽然我的手指很细。

舒哈尔金娜的房子

……19世纪90年代，这栋房子已经有一百年的历史了，它

---

① 诺夫哥罗德城行政长官博列茨基的遗孀，曾领导诺夫哥罗德贵族反对莫斯科。1478年诺夫哥罗德并入莫斯科大公国后，她被监禁。

② 尼·米·卡拉姆津（1766—1826），俄国作家、历史学家，著有《俄罗斯国家史》。

③ 这里有误，其实是普拉斯科维娅·费多谢耶娃。

原是商人的遗孀、长得像猞猁一般的叶芙多季娅·伊万诺夫娜·舒哈尔金娜的家产。我小的时候喜欢观赏她奇装异服的打扮。房子坐落于宽街和无名胡同（离车站两条街）的拐角处。据老人们说，在铁路出现之前，也就是1838年以前，这里是过路客栈或近郊带饭馆的小旅店。我在自己的黄色屋子里揭下一层又一层墙皮，最后一层是奇怪的鲜红色。我想，一百年前这个小酒馆的墙壁就是这种样子。

房屋的结构也说明了这一点。这是一栋墨绿色的木头房子，二层不齐全（如同阳台）。半地下室是杂货铺，门铃刺耳，弥漫着这类小铺惯有的味道，让人无法忘掉。另一边（无名胡同），也有半个地下室，是鞋匠铺，招牌上画着一只靴子，上边写着："鞋匠鲍·涅沃林"。夏天，透过洞开的低矮窗户可以看到正在干活的鞋匠鲍·涅沃林本人。他身穿绿色围裙，一张苍白的、衰老的酒鬼脸。从窗户里传出一种难闻的气味。这一切可以拍成现代电影出色的镜头。房前宽街上长着挺拔的橡树，那些橡树也许现在还活着；有荆棘丛形成的栅栏墙。

家门口大约每隔半个小时，就会有一大溜马车奔向火车站或从那里返回来。其中什么样的车都有：宫廷的四轮马车，富庶人家的马车，警察局长弗兰格尔男爵站在雪橇上或坐在轻便马车上，手扶着马车夫的腰带，侍从武官的三套马的车，也有普通的三套马车（邮政的），皇村"报废的"马车。

只有近卫军士兵们（身穿护甲的骑兵和骠骑兵们）才乘汽

沿着无名胡同来来往往，他们到军需胡同附近的商店去采购面粉，那里已经属于郊区了。到了冬天，这条胡同被厚厚的、洁白的、非城市的雪所掩埋，到了夏天郁郁葱葱地长些杂草——牛蒡草。我小的时候用蓬松的荨麻和牛蒡编织过小提篮。（1940 年代，我在回忆普希金 1820 年那首长诗——"还有一束枯枝"时，曾提过"我喜爱牛蒡花，我喜爱荨麻……"）

这条胡同的对面没有房子，从舒哈尔金娜的房子开始是一排破烂不堪的、没有涂色的木栅栏。那年秋天（1905 年），当古米廖夫从别略兹卡回到这里时，没有在皇村见到戈连科一家人。他看到这栋房子正在改建，非常难过。后来他对我说，这事使他有生以来第一次感受到并非任何改变都会往好的方向。不知他在自己那首可怕的《迷路的电车》一诗中提到的电车是不是开向那里去了：

小巷里那木栅栏，有三扇窗户的房子，

还有一片灰蒙蒙的草坪……

无名胡同和宽街早已不见了。在原来的地方开辟了火车站站前的公园或是小小的一片绿茵地。

这栋房子在我的记忆中比世上任何一栋房子印象都深。我在这里度过了自己的少年时代（住下层）和青年时代的早期（住上层）。大概有一半的梦是我在那里做的。1905 年春天我们离开了那栋房子。当时它就被改建了，失去了早年的模样。（1944年6月我最后一次回到皇村。）土拉别墅（奥特拉达或新赫尔松涅斯）也不存在了——它距离塞瓦斯托波尔三俄里。我从七岁到十三岁每年夏季都住在那里，并得到一个外号"野丫头"。1911—1917年的斯列坡涅沃也不存在了，只在我的诗集《群飞的白鸟》和《车前草》的下边留下了这个名字，但，这大概是理所当然的事……

1957 年

＊　＊　＊

1905年春，舒哈尔金的后代们将舒哈尔金的房产卖掉了，于是我们家搬进一座按当时说法是阔绰老爷的住宅，它位于布里瓦尔街（索科洛夫斯基住宅），但，正如常常发生的事，到此便结束了。父亲和亚历山大·米哈伊洛维奇大公①性格不合，便提出辞呈，当然得到批准。孩子们跟保姆莫妮卡一起被送往叶夫帕托里亚。家庭散了。过了一年——1906年6月15日——伊琳娜②去世。此后我们一家人再也没有在一起生活过。

宽街对面楼中，一层是御用照相馆"冈"，二层住的是画家

---

① 亚历山大·米哈伊洛维奇（1866—1933）是沙皇尼古拉一世的孙子，1901—1905年任航海口岸商务总监。
② 阿赫玛托娃的大姐（1883—1906）。

克勒韦①一家。克勒韦不是皇村人，他们离群索居，从不参与上流社会那些无聊的、有偏见的、搬弄是非的闲扯。为了给"诗城"下个定义，应当指出皇村人（包括历史学家戈列尔巴赫和罗日杰斯特文斯基）都不知道俄罗斯伟大诗人丘特切夫②正是在小街伊万诺夫家中溘然逝世的。如果现在（1959 年当我写此文时）能把这条街改名为丘特切夫街也不错。

安娜·伊万诺夫娜·古米廖娃的房子也在小街上（63 号），可是我不愿意回忆它，如同舒哈尔金娜的房子，我在梦中也从来没有梦见过它，虽然从 1911 到 1916 年我曾住在那里。我从来不会抱怨命运，革命时期我并没有在那里居住。

我这一代人不怕回顾悲哀的威胁——我们无处可以回归……有时我觉得在巴甫洛夫斯克火车站（当时公园里非常空旷而又芳香）揭幕那几天可以租一辆汽车，到影子伤心地寻找我的地方，但，后来我开始明白，这是办不到的，没有必要硬往记忆的群唱中闯（而且还坐在烧汽油的小汽车里）。那时我什么也看不到，只能抹掉我现在看得清清楚楚的事物。

* * *

……有时沿着这条宽街会出现意想不到的豪华的送葬队伍，

---

① 尤里·克勒韦（1850—1924），油画家，他儿子奥斯卡（1887—1975）是版画家、舞台美术家。
② 费·丘特切夫（1803—1873），俄罗斯诗人。

从火车站走过来或向火车站走过去：男孩儿们用天真的童音唱着葬礼歌，放在枯萎的青草和鲜花当中的灵柩根本就看不见。大家拎着点燃的提灯，神甫提着长链香炉，披麻戴孝的马匹慢悠悠地、庄严地迈动着脚步。近卫军军官们跟随在灵柩之后，他们总让人想起伏隆斯基①兄弟，也就是"醉醺醺的面孔"，还有头戴大礼帽的老爷们。有权有势的老太婆们和寄人篱下的贵妇们坐在灵车后边的马车上，如同等候自己的末日来临，这一切都像《黑桃皇后》一书中所描绘的公主的葬礼。

我总觉得（后来，每每想到这个场面时）这是整个 19 世纪规模庞大的葬礼的某一部分。1890 年代如此安葬了普希金最后一批少年的同代人。在刺眼的白雪和强烈的皇村太阳光下，这一场面显得极其优美，它同时在当时那种闪着黄光和处处弥漫的浓烈的黑暗中有时显得可怕，甚至像是身在地狱。

* * *

我十岁的时候，（那一年冬天）我们居住在达乌杰里家（在皇村中街和列昂杰夫街拐角处）。附近住的一个龙骑兵常常开着自己一辆奇形怪状的红色汽车出来，走过一两条街汽车就出了毛病，于是用马车拖着它难堪地回了家。那时谁也不相信会有汽车，更不敢想象空中会有飞机。

---

① 见托尔斯泰的长篇小说《安娜·卡列尼娜》。

*　　*　　*

我第一次写自己的历史是十一岁，是在妈妈记账的红色本子上（1900年）。当我把自己写的东西拿给长辈们看时，他们说我几乎从两岁婴儿时就记得自己（巴甫洛夫斯克公园、小狗拉里弗等等）。

*　　*　　*

我像又聋又瞎的人一般，一辈子也不会忘掉巴甫洛夫斯克火车站的气味。首先是把我拉到加尔列沃[①]的老而又老的小火车的烟，公园，音乐沙龙[②]（人们凭音把它通称为"盐农"）；其次——磨光的地板和从理发店传出的味道；第三——火车站商店的草莓（巴甫洛夫斯克品种！）；第四——花店（靠左）出售的木犀草和玫瑰花，（闷热时会带来凉爽的）胸前佩戴的湿淋淋的鲜嫩花束，还有雪茄和餐厅油腻的食品。还有纳斯塔西娅·费里波夫娜[③]的幻影。皇村——永远是日常生活，因为是在家里；巴甫洛夫斯克——永远是节日，因为总要到某处去，因为它远离家门。

---

① 加尔列沃是巴甫洛夫斯克附近的一个村庄。
② 阿赫玛托娃的写作中大量使用法文词汇，若无特别说明，正文和脚注中夹排的楷体字原文皆为法文。
③ 指陀思妥耶夫斯基的长篇小说《白痴》的女主人公。

似是而非的履历

在皇村过冬。在克里木半岛度夏（土拉别墅），这本来是事实，可是谁也不相信，因为都认为我是乌克兰人。原因之一，我父亲姓戈连科；其次我出生在敖德萨，而且毕业于丰杜克列耶夫学校；其三，主要因古米廖夫写过：

> 从基辅，
>
> 从兹米耶夫，
>
> 我娶来的不是妻子
>
> 而是女巫……

（1910年）

其实，我在基辅住的时间比在塔什干（1941—1944 疏散年代）还短。一年冬天我是在丰杜克列耶夫学校读书，两个冬天是在高等女子学校上课。然而人对人的不关注是不着边际的，所以本书的读者应当习惯于所有一切并非如他幻想的那样，讲人们只希望他们讲的话，听他们想听到的声音，这话说出来未免太可怕了。他们"主要是"自己跟自己在说话，回答的主要是自己的问题，不听从对方。百分之九十可怕的流言、假话和神圣保存下来的诽谤——都基于人天性的特质。（我们至今还保留着波列奇卡关于普希金的毒蛇般的嘶嘶叫声!!)我只请求那些不同意我看法的人回忆一下别人关于自己的评论。

野丫头

我的童年是离经叛道的。我在这个别墅（赫尔松涅斯地区箭湾的"奥特拉达"别墅周围一带）得到一个绰号——"野丫头"，因为我常常赤脚上路，散步不戴帽子，等等。有时还从小船上直接潜入大海，在风暴时游泳，晒太阳直到脱皮，这一切有失塞瓦斯托波尔省城小姐们的体面。可是在皇村时，我的举止谈吐都像个受过良好教育的小姐，我也会按礼貌合起双手作请安礼，用法语谦恭和简要地回答老夫人们的提问，在斯特拉斯纳亚街学校的教堂里祈祷。父亲偶尔带我（身穿校服）到玛琳剧院（包厢）去听歌剧。参观埃尔米塔日博物馆、亚历山大三世博物馆和各种画展。春秋时节在巴甫洛夫斯克参加音乐会——火车站……博物馆和美术作品展览……冬天经常到公园去滑冰。

皇村公园里处处具有古希腊罗马的风格，但雕塑完全不同。我读书很多，也很经常。给我印象较深的（按我的想法）是那时对人们思想有巨大影响的作家的作品，如克努特·哈姆生《谜语与秘密》，而他的长篇小说《畜牧神》和《维克托里亚》的影响则少一些。另一位有影响的作家是易卜生……我在小班读书时学习成绩不好，后来好了。学校总让我感到苦恼。我在同班中只和塔马拉·科斯特廖娃交往，后来一生中再没有机会和她见面……

1957—1964 年

*　*　*

我的童年像世界上所有孩子的童年一样，既独一无二又特别美好……

谈童年既容易又困难。由于它已处于静止状态，所以谈它容易，但这种谈法常常掺杂着过多甜滋滋的东西，让人起腻，与童年这种重要而深奥的时期完全相悖。除此之外，有的人想表明过去的生活很不幸，而另一些人——过于幸运。不幸也好，幸运也罢，一般都是空话。儿童没有可比的对象，他们根本不知道自己是幸运还是不幸。

一个人初具意识时，就会陷入完全为他准备好了的、静止不动的世界中，最自然的是不相信世界曾经是另一个样子。这最初的景象永远保留在人的心中，有的人只相信它，并多多少少掩饰这种奇异感觉。另外一些人则相反，完全不相信这一景象的真实性，他荒谬地重复："难道那是我？"

青年时代和成年时代很少回忆自己的童年。他是生活的积极参与者，他没有时间去回忆。他以为永远会是如此。但，到了五十岁左右，生命的开端开始回到他的身上。我 1940 年的诗《柳树》《手的十五年祭》都说明了这一点，这些诗据说引起斯大林的不满，他责备我总在回忆往昔。

1957—1964 年

＊　　＊　　＊

安娜①的房间：窗户面对无名胡同……冬天街上落满厚厚的雪，夏天长满杂草——龙芽、茂盛的荨麻和高大的牛蒡草……一张床，温习功课用的一张小桌子，几个书架。铜灯座上插着一支蜡烛（那时还没有电器）。屋角挂着一幅圣像。那时没有想用任何玩具、刺绣、明信片等——装点这寒酸的环境。

＊　　＊　　＊

我十一岁时写了第一首诗（实在荒谬绝伦），在这以前父亲不知为什么就称我是个"颓废的女诗人"……我不是在皇村学校而是在基辅（丰杜克列耶夫）学校毕业，其实我在该校仅读了一年。后来我在基辅高等女子学校学习了两年……这期间（其中有过长时间的间隔）我一直在写诗，毫无目的地为诗编了号码。根据保留下来的手稿，我可以作为笑话告诉大家，《吟唱最后一次会晤》是我写的第二百首。

---

① 原文用的是第二人称"安娜"，其实就是"我"。

＊　＊　＊

　　"1910 年我嫁给了尼古拉·斯捷潘诺维奇·古米廖夫，并和丈夫去了巴黎。"①

1963 年 4 月 23 日　拉特马尼佐夫访谈录

＊　＊　＊

　　1910 年 6 月，我回到北方。到过了巴黎之后，觉得皇村死气沉沉，这毫不奇怪。可是我在皇村度过的五年都哪儿去了？我在那里没有见到我一个同学；在皇村也没有迈过任何一家的门槛。彼得堡的新生活开始了。9 月，古米廖夫去了非洲。1910—1911 年，我写了一些诗，编成《黄昏》集。3 月 25 日，古米廖夫从非洲归来，我把这些诗拿给他看。他感到惊奇，并予以表扬。

＊　＊　＊

　　这个不知人情世故的小姑娘写的可怜巴巴的诗，不知为什么再版了十三次（不算我没有见到的盗版）。有的诗还用外文出版了。小姑娘本人（据我所记得）没有预料到她的诗会有如此命运，所以总是把最初发表这些诗的杂志藏在沙发的软垫下，"免

---

① 阿赫玛托娃 1910 年 5 月与古米廖夫结婚，婚后去法国度蜜月。

得伤心"。《黄昏》集的出版甚至使她痛苦地去了意大利（1912年春天），坐在电车上，看着身边的人，心想："他们真幸福——不出书!"

成年时的安娜

斯列坡涅沃①

那时我胸前佩戴孔雀石项链，头戴钩花小帽。在我的房间里（北墙上）挂着一幅巨大的圣像——狱中基督。狭窄的木床硌得人难受，以至于每每夜里醒来时，便久坐一阵，休息一下……沙发上方挂着一幅不大的尼古拉一世的照片，不像彼得堡假绅士们那样做法，而如同奥涅金那么认真态度（"墙上挂着沙皇的御照"）。我不记得室内是否有镜子——忘了。柜橱里甚至残留下一些旧的藏书，如《北方之花》②文选，还有勃朗别乌斯③和卢梭④的著作。我在那里正赶上1914年战争，1917年夏天也是在那里

① 斯列坡涅沃是尼·古米廖夫的母亲安娜·伊万诺夫娜（本姓利沃娃）（1854—1942）的家族庄园，它位于特维尔省。
② 《北方之花》文选是普希金时代的出版物（1825—1831）。
③ 作家奥·伊·先科夫斯基（1800—1858）的笔名。他在《祖国之子》杂志中主持《勃朗别乌斯伯爵散记》一栏。
④ 卢梭（1712—1778），法国哲学家、作家、作曲家。

度过的。

……拉边套的马斜瞪着眼睛，神气地挺着脖子。那时我轻松而又随意地写诗。我在等待来信，但一直没有等到——没人来信。我在梦乡中常常见到这封信；梦见自己拆开信封，它或是用我看不懂的文字写的，或是我双眼正在失明……

农妇们穿着家织的无袖长衣下地干活，那时老太婆和笨拙的大姑娘显得比古典的雕像还苗条。

1911 年，我从巴黎来到斯列坡涅沃，在别热茨克火车站的妇女室服务的驼背女仆认识当地所有人，不承认我是小姐，并对某人说："一位法国女人到斯列坡涅沃老爷家来了。"而地方行政长官伊万·雅科夫列维奇·杰林——一个戴眼镜、蓄胡须、行动迟缓的人，用餐时他和我位子相挨，由于腼腆得要死，他没有找到别的话茬儿，便向我问道："访问了埃及之后，您到这里会感到很冷吧?"事情是这样的，他听到那里的年轻人说我太瘦（他们这么认为）和神秘莫测，称我是给众人带来祸患的伦敦著名的木乃伊。

古米廖夫忍受不了斯列坡涅沃的环境，打哈欠，寂寞无聊，常常到莫名其妙的地方去。当时他写下"如此无聊、不值得怀念的往昔"①，并在库兹明-卡拉瓦耶夫家中的纪念册②里写些平庸的

---

① 引自古米廖夫《往昔》一诗。
② 即马里亚和奥丽佳的纪念册。她们是古米廖夫大姨的孙女。

诗。然而，他在那里却有所醒悟并有所收获。

我不骑马也不打网球，我只在斯列坡涅沃两家的花园里采蘑菇。我还记得巴黎最后的晚霞（1911年）……

有一年冬天，我来到了斯列坡涅沃。美极了。一切都像是回到了19世纪，几乎回到了普希金的时代。雪橇，毡靴，熊皮垫子，厚厚的短大衣，铮铮作响的寂静，山岗，钻石般闪烁的白雪。我在那儿赶上了1917年。经过阴森的战时的塞瓦斯波尔，那时我在那儿患着气喘症，住在租赁的冰冷的房间里，如今觉得自己好像来到了梦寐以求的福地。那时拉斯普金①已被打死在彼得堡，那里正在等待预定在1月20日举行的革命（那一天我在纳旦·阿尔特曼②家中用午餐。他送给我一张画，并题写了"画于俄国革命之日"。而在另一张画上（保存了下来）他题写道："士兵夫人古米廖娃留念，绘图员阿尔特曼赠。"

* * *

斯列坡涅沃对于我来说，如同建筑中的拱门……先是很小，然后越来越大，最后——完全的自由（如果从那里往外走的话）。

————————————

① 格里高利·叶菲莫维奇·拉斯普金（1869—1916），俄国尼古拉二世时的神秘教士，沙皇和皇后的宠臣。
② 纳旦·阿尔特曼（1889—1970），画家，曾为阿赫玛托娃画过著名的肖像。

20 世纪第二个十年

　　20 世纪第二个十年——是象征主义危机的年代，列夫·托尔斯泰和科米萨尔热夫斯卡娅①先后逝世。1911 年中国革命②改变了亚洲的面貌。那一年勃洛克在笔记本中写满了预见的话……《雕花柏木匣》……不久前有人告诉我：20 世纪 10 年代是最没有光彩的年代。当时大概应当这么说，可是我的回答是："除了上述一切以外，当时还是斯特拉文斯基③和勃洛克、安娜·巴甫洛娃④和斯克里亚宾⑤、罗斯托夫采夫⑥和夏里亚宾⑦、梅耶荷德⑧和佳吉列夫⑨的时代。"

　　诚然，如同所有时代一样，当时也有很多没有趣味的人（如谢维里亚宁）……但和粗糙的第一个十年相比，第二个十年是个专心致志的端正的年代。命运磨灭了后半部，并让人类流了很多

---

① 薇·费·科米萨尔热夫斯卡娅（1864—1910），俄国演员，1904 年自己成立剧院，以演契诃夫的话剧而闻名。
② 指中国辛亥革命和 1912 年 1 月 1 日中华民国的成立。
③ 伊·斯特拉文斯基（1882—1971），俄罗斯作曲家，1910 年侨居国外。
④ 安·巴甫洛娃（1881—1931），俄罗斯芭蕾舞大师。
⑤ 亚·斯克里亚宾（1871—1915），俄罗斯作曲家和钢琴家。
⑥ 伊·罗斯托夫采夫（1873—1947），俄罗斯导演。
⑦ 费·夏里亚宾（1873—1938），男低音歌唱家。1922 年移居国外。
⑧ 弗·梅耶荷德（1874—1940），俄罗斯革新派导演。
⑨ 谢·佳吉列夫（1872—1929），俄罗斯戏剧和艺术活动家，一直侨居国外。

血（1914 年战争）……

＊　＊　＊

20 世纪随着 1914 年秋季战争开始，如同 19 世纪开始于维也纳公约。日历上的日期没有意义。象征主义——无疑是 19 世纪的现象。我们造了象征主义的反是完全合理的，因为我们感觉到自己是 20 世纪的人，不愿意停留在前一个世纪……

城市

"艺术世界"画派①的画家意识到了彼得堡的"美"，顺便提一下，他们也发现了红木家具。我记得 1890 年代——早期的彼得堡，那实际是陀思妥耶夫斯基的彼得堡。那是没有电车、车全靠马拉的彼得堡，马车隆隆轰响、吱吱呀呀，船舶游弋，街道从上到下挂着各种匾牌，这一切都无情地遮蔽了房屋的建筑形式。从静谧而安适的皇村刚一来到这里，感受尤其新鲜与强烈。成群的鸽子在客栈院里飞来飞去，商场大院的拐角壁龛里挂着巨大的身披金属缀片的圣像和长明灯。涅瓦河上船只来来往往。满街讲的尽是各种外国话。

---

① 指 20 世纪初，团结在佳吉列夫主编的《艺术世界》杂志周围的美术家团体，提倡"纯艺术"。

楼房涂成红色（如冬宫）、绛红色、绯红色，根本没有驼色和灰色，像现在这样凄凉而寒冷的蒸汽和列宁格勒的黄昏融为一体。

那时在石头岛大街和皇村火车站周围还有许多华丽的木头房子（贵族私宅）。1919 年，这些房子被当成劈柴拆卸了。那时还有更好的 18 世纪的二层住宅，有的出自大建筑师之手。"它们的运气也不佳"——1920 年代在房顶上又加了层。19 世纪 90 年代的彼得堡几乎没有绿茵。1927 年母亲最后一次来我处时，带着自由民意党员的回忆，不由得想起 19 世纪 90 年代，甚至更早的1870 年代（即她青年时代）的彼得堡，看到那么多的草木颇感惊奇。这仅仅是开始！19 世纪出现了花岗岩和自来水。

再谈城市

三点意见

一、刚才在《星》杂志上我惊奇地读到（列夫·乌斯片斯基的文章①），说玛丽娅·费奥多罗夫娜乘坐金色马车在街上闲逛。胡说！金色马车在街上确实存在过，但只能在隆重的日子里出行——如加冕典礼、婚礼、洗礼仪式、首次接见大使。玛丽娅·费奥多罗夫娜外出时，只能让车夫胸前佩戴各种奖章。奇怪的是，仅仅过了四十年，竟能臆造这种荒诞滑稽的话。那么再过一

---

① 见列夫·乌斯片斯基的文章《摘自一位彼得堡老人的笔记》。

百年会是怎样呢？

1957 年（？）

二、当你读到在彼得堡楼梯上总散发着煮咖啡的味道时，简直不能相信自己的眼睛。那里常常摆着高大的镜子，有时铺着地毯，但在彼得堡任何一栋楼房里，除了路过的太太们的香水味和路过的老爷们的雪茄味之外，再没有别的味道。也许那位朋友指的是"后面"（如今基本上成了唯一的通道），那里确实什么味道都可能有，因为所有厨房的门都通向那里。比方说，谢肉节时的烙饼味，大斋节前的香菇味和素油味，五月里涅瓦河的鱼味。女厨工们烹调菜肴气味过浓时就打开后门，以便把怪味散掉（当时的说法就是如此），但后门楼梯上气味强烈的是猫的腥臊味。

三、只有妓女晚上戴面纱。

＊　＊　＊

彼得堡院落里的各种杂声。首先是向地下室扔劈柴的声音。还有 流浪乐师 （"唱吧，小燕子，唱吧，让心灵安定一些吧……"），磨刀匠（"磨剪子锵菜刀……"），收破烂的（"收购旧衣裳，收购旧衣裳……"）。收破烂的总是鞑靼人。镀锡补铜器工匠的吆喝声。"我带来了维堡①的花形小甜面包"。有水井的院里总是吵吵嚷嚷。

---

① 列宁格勒东北部的一个区，有众多大工厂、火车站等。

房盖上边烟雾缭绕。彼得堡的荷兰火炉。彼得堡的壁炉专烧些无用的材料。严寒时节彼得堡的火灾。城市的喧嚣被钟声所淹没。鼓点声，总让人想到押赴刑场的场面。轻便雪橇猛然撞在拱桥的石墩上，如今已经不太常见了。岛屿上的最后一根树枝总让我想起日本版画。马嘴上冻成的冰溜几乎挨着你的肩膀。雨天马车车棚掀起来时，潮湿的皮革又是一股什么味道。《念珠》集中的诗，我几乎全部是在这种情况下写成的，回家只是把形成的诗记录下来……

* * *

……还有米哈伊洛夫监牢的两扇窗户保留了 1801 年的原样，似乎狱窗后边还正在处决保罗①，还有谢苗诺夫兵营。谢苗诺夫练兵场，陀思妥耶夫斯基在那里等待死刑，还有喷泉楼——一连串恐怖的交响乐……"舍列梅捷夫的菩提树，管房人的相互呼叫"。② 夏花园……第一次——是沉醉在七月芳香的沉寂中，第二次是 1924 年浸泡在大水中③，再有一次，夏花园被挖成臭气熏天的坑道（1941 年）。还有马尔斯校场的练兵，1915 年夜里训练新招来的士兵（敲鼓），后来马尔斯开垦成菜地，没人认真管理

---

① 指保罗一世（1754—1801），在全国推行军事警察制度，被贵族阴谋分子杀害。
② 摘自阿赫玛托娃的诗《我对你隐蔽了自己的心》。
③ 指彼得堡 1924 年水灾。

（1921），"头顶上的乌鸦成群，翅膀如同云朵"①，还有押送民意党成员去执行死刑时经过的大门。

离它们不远的地方是木鲁吉的大房子（出铁厂街拐角处），我在那里生平最后一次见到古米廖夫（那一天安年科夫②为我画了肖像）。这一切都是我的列宁格勒。

诗的诞生

火车头的火花

1921年，我从皇村去彼得堡。旧的三等车厢里塞满了那时常见的大小包裹，可是我来得及占了一个位子，坐在那里，观望窗外的一切——甚至熟悉的地方。突然，和往常一样感觉到某些诗句（韵律）意外地走近。我忍不住想抽烟。我知道，不抽烟什么事也办不成。摸了摸提包，找到一支干瘪的萨弗牌烟卷……可是没有火柴。我身上没有，车厢里别人身上也没有。我走到车厢平台上，那里有几位孩子般的小红军战士在互相恶毒地斗嘴，他们也没有火柴。从火车头里喷出来的大块通红的、像有生命的浓浓的火花落在平台的栏杆上，我把自己手中的烟头贴近它。大概第三次贴近时，烟卷燃着了。那些小伙子贪婪地盯着我巧妙的招

---

① 摘自阿赫玛托娃的长诗《没有英雄人物的叙事诗》。
② 尤·安年科夫（1889—1974），俄罗斯画家。

式，大赞不已。其中有一个人指着我说："她真豁出去了。"于是我写成一首诗，题名是：《你不可能活下来》[1]。我看了看手稿上的日期，是 1921 年 8 月 16 日（也许是旧历）[2]。

1962 年

我现在在写什么

近几年我在研究普希金的创作。1933 年在《星》杂志上发表了第一篇有关这一问题的文章——《普希金的最后一个故事》。科学院出版的《普希金编年史》丛刊上今年发表了我写的《普希金创作中有关本札门·昆斯坦纳的〈阿多尔夫〉》。

现在我在为科学院版普希金文集第三卷撰写注释[3]（注释《金公鸡》）。这项工作几乎占去了我的全部时间，所以把实现其他想法的工作都推迟了。

我用很多时间从事翻译工作。不久以前，《星》杂志发表了我译的亚美尼亚诗人达尼埃·沃鲁冉[4]的一首很长的诗《首孽》。现在我译完了亚美尼亚当代诗人恰连茨[5]的两首诗。

---

[1]《你不可能活下来》一诗写于古米廖夫被处决之后（1921）。

[2] 1921 年 8 月 16 日系指古米廖夫被处决之日。

[3] 普希金的全集（纪念版）出版时，没有详细的注释。阿赫玛托娃的注释发表在《普希金手稿……》一书中，1939 年莫斯科出版。

[4] 达尼埃·沃鲁冉（1884—1915），著有关于民族解放运动的诗《民族的心》。

[5] 恰连茨（1897—1937），著有长诗《民族之歌》和《中国长诗》等。

除此之外，我为科学院版普希金文集将注释中所有的法文诗，以及普希金用法文写的诗，都译成了俄文。

我写了一些抒情诗。我为（苏联作家出版社）准备出版《诗选》集，其中不仅收入了我早期出版的诗集中的诗，还有1930—1935年的诗。[①]

我关注苏联诗作。当代的诗人中，我珍视和敬重的是鲍·帕斯捷尔纳克。不久以前，我写了一首诗献给他。诗中最后几行如下：

> 他永远是一个孩子，
>
> 他有巨擘的洞察力和豁达，
>
> 整个大地都是他的遗产，
>
> 他却把这一切都分给了大家。

为科学院版本的普希金文集写完注释之后，我准备继续研究普希金创作的起源。题材很多，难说会选中哪个。

也许我会翻译雪莱[②]的悲剧《钦契一家》，科学院出版社准备出版它。

1936年

[①] 1940年，苏联作家出版社将这本诗集出版了，书名是《选自六本诗集——安娜·阿赫玛托娃的诗》。

[②] 科学院原定出版英国浪漫主义诗人雪莱（1792—1822）的这部悲剧，但翻译设想没有实现。

＊　＊　＊

……1936 年我又开始写作，但文章已经变了，发出的声音也不同了。生活是在这种珀伽索斯①的驾驭中进行，使人想到《启示录》② 中淡白的马，当时还没有诞生的诗（……）我已经不可能重回到前一种写法上。哪种好，哪种坏，远非我所能判断。1940 年——是极点。诗在不断地震响，像脚跟踩着脚跟，急急忙忙，喘不过气来，有时，大概确是坏诗。

---

① 希腊神话中的飞马。珀伽索斯的蹄子踏在赫里空山上，出现了伊波克伦泉。诗
　人从此泉中得到灵感。"跨上珀伽索斯"意为充满诗人的灵感。
②《圣经·新约》的末卷，内容是关于"世界末日"。

生活散记

那是 1934 年的事。我已经九年没有发表过作品了。（自从通过关于我的第一个决议之后）展览会上摘掉了我的照片，我的名字被删掉，作品不再版，外国人说我不写东西了，而且他们确信无疑。

1930 年，因扎米亚京的《我们》和皮利尼亚克的《红木》事件，我提出退出作家协会。这种行为，可想而知，对我没有好处。我患了重病，而且很穷，使我不再去想自己的命运，那时以为会永远如此。在皇村写的长诗《俄罗斯斯特里亚农》进展缓慢。（"啊，两个世纪的宠儿，他可知道，接受第三个世纪是何等的可怕"。）

1941 年，我对皇村最后一次燃放的彩灯作了这样的预言。

*　　*　　*

在"十字架"狱前排队。

卖牛奶的妇女把一只桶摆在雪地上，大声吆喝："哎！昨天夜里把我们家中最后一个男人抓走了。"

我（排队）站在检察机关的楼梯上。从我这儿可以看到排成队伍的妇女们从长长的镜子前（在楼上的平台上）走过。我看到的只是纯真的侧影——其中没有一个人瞟一眼镜中的自己……

海军将军奇恰戈夫对前来探监的妻子说："他们打我。"（20世纪20年代）

恐怖时期，如果某人丧命，家人认为他是个幸福的人，对先于母亲去世的人，寡妇和孩子们都说："谢天谢地，他不在了。"

没有比把某个人关押起来更容易的事了，但这并不等于说再过六个月不会让你本人坐牢。

1964—1965 年

* * *

1924 年，我收到莫斯科寄来的请柬，让我在那里举行一个文学晚会，朗诵自己的诗。我去了莫斯科，朗诵了很多。其中有《诽谤》和最近出版的一本诗集《耶稣纪元》中的几首过去没有发表过的诗。出席晚会的人中有一位高级官员，他不喜欢我的诗。那次晚会后，我的作品被禁止发表，已经印成书并准备发行的两卷集被销毁。这个禁令延续了很长时间，直到 1939 年，我的作品都不再刊载。什么东西也不能发表了。① 我开始翻译工作，从事文学史研究，撰写有关普希金的文章。大概正因如此，便形成一个传说，说我闭口不言了。1939 年，在某一个文学会议上，斯大林突然想起了我："阿赫玛托娃到哪里去了？"有人告诉他我在列宁格勒。"为什么她不写任何作品？"别人向他作了解释，谈到 1924 年的事。"允许她发表作品。"于是 1939 年又让我发表作品了。1939 年我在杂志上发表了一些诗。后来又发表了一些。我编选并出版了《选自六本诗集》。这本诗集出版后又下了禁令。诗集出版于 1940 年，诗集又落到了斯大林手中。其中有一首诗他不喜欢。他根本没有注意到写作年代。那是一首旧诗，1922 年写的。禁令又下来了——这次是斯大林下的。我再发表诗时已是战争年代。战后，1946 年——日丹诺夫的发言②。

---

① 是女作家沙金娘告诉阿赫玛托娃，说 1925 年联共（布）中央通过一个决议斥责她（这个决议没有公开发表）。从此以后再没有邀请过她参加任何诗歌朗诵会。很久以后，在纪念马雅可夫斯基逝世十周年时才再次请她在维堡文化之家出席了悼念会。1925 年决议不像联共（布）1946 年那个决议严厉，因为当时还允许她为科学院出版社翻译鲁本斯的书信，并发表了她写的有关普希金的两篇文章，但不发表她的诗。与此同时，由于她同情皮利尼亚克和扎米亚京两位作家，1934 年没填表参加苏联作家协会。

② 1946 年，苏共负责人日丹诺夫作了关于《星》与《列宁格勒》两杂志的发言，狠批阿赫玛托娃和左琴科。

摘自致 K⋯⋯信中

（代序）

　　1940 年 3 月的前半个月，在我的草稿的边上开始出现与任何东西都不相联的句子。这与草就的《幻影》一诗有特别关联，那是我在维堡攻击战和宣布和谈的夜里写成的。

　　当时我觉得那几行诗有些含糊，甚至可以说是莫名其妙，它们久久未能形成完整的作品，好像是平常游离的句子，直到水到渠成，从其中产生了现在你们所见到的样子。

　　那年秋天我还写了三首抒情诗，最初想把这几首诗并入《吉捷日姑娘》，写一本《小长诗》，但其中一首，即《没有英雄人物的叙事诗》突然冲了出来，不再是小的，主要的是它不能与邻里相处。其他两首《陀思妥耶夫斯基的俄罗斯》和《手的十五年祭》经受了另一种命运，它们大概毁于沦陷的列宁格勒，至于我在这里，在塔什干凭记忆恢复的诗句，是无可挽救的残缺不全。因此《吉捷日姑娘》独自高傲地保留了下来。

围困时期

战争第一天。第一次空袭。公园里尽是隐蔽壕——我抱着小沃瓦。铸造厂的晚上。兴高采烈的人群。到处在卖鲜花（白色的）。街上车辆鱼贯而行：有载重大汽车，也有轻便小轿车。司机们没戴帽子，身穿夏装，他们每个人的身旁都是哭泣的妇女。这是列宁格勒运输队伍开往芬兰前线去做服务工作。作家们的孩子们被运走了。在作家协会拐角处——集合。一双双不流泪的母亲们的可怕的眼睛。

巨款已从市内运去（银行负债）。

水兵们拎着小皮箱走向自己的船舶。所有作家都穿了军装。夏花园里掩埋了一些雕塑和拉斯特列里的《彼得大帝》雕像。第一次大火。我在左琴科①住宅做广播。

每个小时都有警报。人们在抢救城市——可怕的声音。

---

① 米哈伊尔·左琴科（1895—1958），俄罗斯讽刺小说家，著有《日出之前》《猴子奇遇记》等。

战时初期广播

我亲爱的列宁格勒的各位同胞、母亲、妻子和姊妹。一个月以来，敌人沉重地打击我们的城市，威胁我们。敌人以死亡和羞辱所威胁的是彼得的城市、列宁的城市，是普希金、陀思妥耶夫斯基和勃洛克的城市，是伟大文化与劳动的城市。我和列宁格勒市民一样，一想到我们的城市会遭到敌人的践踏就心情激愤。我的一生都与列宁格勒联系在一起，我在这座城市成了诗人，列宁格勒对我的诗歌来说犹如呼吸的空气……

我现在和你们一样，毫不动摇地相信列宁格勒永远不会为法西斯所占领。当我看到列宁格勒的妇女们义无反顾、英勇地保卫列宁格勒并维持它的人民的正常生活时，我的信念就会更加坚定……

我们的后代子孙会对卫国战争时代的每一位母亲给予应有的荣誉，他们的注意力会更聚集在列宁格勒的妇女身上，是她们在轰炸时带着消防钩、消防竿和夹子站在屋顶上，保卫城市免遭火灾；是列宁格勒纠察队的妇女队员们冲进大火熊熊的建筑火场去抢救受伤的市民们……

养育了如此坚强的妇女的城市，不会被战胜，不会！我们，列宁格勒的人们正在经历着艰难的日子，但我们知道我们的祖国大地和大地上的所有人民都和我们在一起。我们感受到他们对我

们的担心，他们对我们的爱和支持。我们感激他们，并向他们保
证：我们会永远坚不可摧而且英勇刚毅……

1941 年 9 月

＊　＊　＊

在塔什干①，我因"疏散的怀念"写成《老屋已有百年历史》，
在那里，当伤寒病发作时，我时时刻刻听到自己的鞋后跟在皇村
外商商场大院里"嘚嘚"的响声——这是我上学走在路上。教堂
周围的雪变暗了，乌鸦在叫，钟声在响，是在安葬某人。

1941 年 9 月 28 日前

1944 年 6 月 11 日在普希金市广播大会上的发言

我们在庆祝伟大诗人光荣的诞辰。我们是在被普希金称为
"我们的祖国——皇村"、是在期待已久的被解放了的诗人的城市
举行这次纪念大会。普希金一直认为皇村是无愧于俄罗斯军事光
荣的纪念碑，他在许多诗中都谈到这一点。皇村"祖传的家园"，
对他来说永远神圣无比。对于我们来说这家园也将是如此。

黝黑的少年在林荫路上徘徊，

---

① 卫国战争时期，阿赫玛托娃在塔什干写了不少爱国抗战的诗篇。

在湖边上踱步，满怀愁苦。

一百年来我们一直珍惜

他那隐隐约约簌簌响的脚步。

厚厚的一层刺人的松针

把矮矮的树墩盖满……

当年这儿放过他的三角制帽，

还有一本翻旧了的巴尔尼①诗选。

1944 年

＊　＊　＊

　　我几次提笔写自己的经历，但正像人们常说的，时好时坏。最后一次是 1946 年。它的唯一读者是逮捕我儿子的侦察员，他同时也搜查了我的房间（1949 年 11 月 6 日）。第二天，我连同手稿一起销毁了自己所有文献资料。我记得那些手稿中虽然不太详细，但记录了我 1944 年的印象——《围困后的列宁格勒》《三株丁香树》——关于皇村和记述七月底赴捷里奥基，即到前线，为战士们朗诵诗歌。如今，我很难恢复原文了。其他文字已经在脑

---

① 巴尔尼·埃瓦利斯特（1753—1814），法国诗人，法兰西文学院院士（1804），主要写爱情诗。

中石化了，只能随我一起消逝。

1957 年（？）

* * *

一切都是多么久远的事了……战争第一天，不久以前还是那
么近；还有胜利日，仿佛就是昨天的事，还有 1946 年 8 月 14
日……这已经是历史了。前些日子我把译文有的交了出去，有的
没有交出去，在莫斯科沃列茨的住所①，还有那些在白夜的背景
前气汹汹地摆来摆去的小松树。

"这儿已完全是北方的季节——今年，我选中秋天作为
女友。"②

这是我去年写的诗句，如今已经显得那么久远了，而我现在
居然想描绘 19 世纪 90 年代！

* * *

关于一本我永远不会写成的书，但不管怎样它已存在，人们
值得被写进去。最初我想把它全都写出来，现在决定把几段加入
关于我的生平和我这一代人命运的文章中去。这本书早就想写，
个别章节为我的朋友们所知晓。

① 阿尔多夫的家，即大奥尔登卡街 17 号 13 室，阿赫玛托娃经常住在那里。
② 这段诗句引自组诗《野蔷薇开花了》(1956)。

＊　＊　＊

我思考了那么久，自己却没有意识到，谁能相信这一点呢？记忆变得异常敏锐。往事涌上心头，并有所要求。要求什么呢？亲爱的远去的影子几乎在与我对话。对于他们来说，这也许是最后一个机会，被人们称为朦胧状态的事可能擦肩而过。不知从什么地方冒出我半个世纪前讲过的话，而近五十年来我一次也没有记起这些话。只能用夏季的孤寂和与大自然的亲近来解释这一切现象，未免有些奇怪，然而大自然早就让我想到死亡。

＊　＊　＊

我写自己生平的书已经进行了多久了？我发现写自己非常无聊，而写别人或其他事（如彼得堡，巴甫洛夫斯克火车站的气味，贡格尔堡的帆船，敖德萨港四十天大罢工的末期）却很有意思。尽量少写自己。

＊　＊　＊

我担心自己在这里写的一切都属于阴郁题材——"浮士德的女儿"（见都德①的《扎克》），也就是说，这一切根本不存在。人

---

① 都德（1840—1897），法国作家。"浮士德的女儿"是他的长篇小说《扎克》中的人物。

们越是夸奖这种平庸可怜的胡言乱语，我就越不相信他们。之所以如此，是因为我本人在这些话语中看到和听到那么多的内容，以至于完全抹杀了话语本身。

* * *

如果来得及思考诸多事情，并写出其百分之一·来，该是多么幸福呵……

* * *

一本作为《安全保护证》和《时代的喧嚣》姐妹篇的书应该问世。我担心和自己那两位绝妙的堂姐妹相比，会显得不伦不类，平淡无味，如同灰姑娘。

他们两个人（鲍里斯和奥西普）撰写自己的书时刚刚进入成年，那时他们所回忆的事还不像故事那么久远。但从 20 世纪中期的高度观察 19 世纪 90 年代，不头昏眼花几乎是不可能的。

* * *

我绝不准备复活"生理体裁特写"，并把大量无关紧要的细节堆砌在书中。

* * *

不久以前《纽约论坛》报发表了一篇下流的文章，说布尔什维克允许阿赫玛托娃发表色情诗了。而我，谢天谢地，一辈子也没有写过一首色情诗，虽然，任何人也没有禁止过。

1963 年 4 月 30 日　拉特马尼佐夫访谈录

＊　＊　＊

我事先奉告读者，回忆录中一般来说百分之二十多多少少带有伪造成分。随便引证别人的话应当被视为违法的行为，应当受到刑事处分，因为它会轻而易举地从回忆录中转写入受人尊敬的文学著作或传记中。连续不间断——也是一种欺骗。人的记忆力就像一盏探照灯，它会照亮个别现象，而把不可逾越的黑暗留在周围，即使记忆力再好，也应当允许它忘掉某些事。

＊　＊　＊

从什么开始都可以：从中间，从结尾或从开头。比如 1951 年，现在我希望这座阳台镶有玻璃窗的绿色小房子（我住在其中的一间里），总是伫立在我的（闭着的）眼前。当我在苏联第五医院（莫斯科）服了潘托邦药片后，大概是在药片作用下，躺在那里时，其实这些房子还没有出现——1955 年才建筑起来，但当我亲眼看了它们时，我立刻想起过去在什么地方见过。于是我在《尾声》中写道：

我仿佛是住在梦中陌生的人家，

也许，我已在那里死亡……①

* * *

有关"关于自己"② 我说两句。我从来没有飞离或爬出诗歌领域，虽然划船的桨橹不止一次狠狠地打在死抓住船舷的双手上，不得不沉下去。我承认，时而我周围的空气失掉潮湿，穿不透声音，像水桶放入水井时，代替欢快的泼溅声发出撞击石头的干哑声，总之窒息的时期来到，有时延续数年之久。"认识语文""文字相撞"现在已成为通用术语。原来是大胆创新，三十年后听起来则平庸无味。还有一条路——准确性，更重要的是让每个字在句行中占据自己的地位，仿佛它在那里已站了一千年，而读者听起来如生平第一次。这是一条艰难的道路，但如能办到这一点，人们会说："这是关于我，这好像是我写的。"我有时阅读或聆听别人的诗时，偶尔也有这种感觉。这像是嫉妒，但比较高尚一些。

X.问我，写诗——艰苦还是容易。我回答说：如果有人口授，那么写诗就非常容易；如果不是口授——则简直写不成。

1959 年

---

① 引自阿赫玛托娃《野蔷薇开花了》组诗中的《让某些人还在南方休养吧》一诗。
② 原文为拉丁文。

*　*　*

诗人和他当年撰写的一切有一种神秘的联系，它们又经常与
读者所想的某一首诗相矛盾。

比如，对于我来说，我的第一本诗集《黄昏》（1912 年）中
现在真正喜欢的只有这么两句：

陶醉于说话的声音
那声音和你的多么相像。①

我甚至觉得，我诗中的很多东西都是由这两行诗派生出来的。

另一方面，对我来说模糊不清的、写不下去的、根本没有代
表性的《护士，我来接你的班》那首诗中我喜欢的句子是：

早已听不见手鼓声，
而我知道，你怕寂静。②

至于批评家们至今常提到的诗，对我来说完全无所谓。

对作者来说，诗可以分成两种：一种是他可以想起是怎么写

---

① 此句引自阿赫玛托娃 1911 年撰写的《白夜里》一诗。
② 此句引自阿赫玛托娃 1912 年撰写的《护士，我来接你的班》。

成的，另一种仿佛是自己诞生的。在某些诗中，诗人注定听到提琴的演奏，这种声音帮助他写成了这首诗。另一种——可能听到火车的隆隆声，它曾妨碍他写作。诗可以与香水和鲜花的气味联系起来。写作组诗《野蔷薇开花了》时，我确确实实闻到了野蔷薇的芳香。

这不仅与自己的诗作有关。在普希金的诗中，我听到皇村瀑布倾泻的声音（"这些有生命的水"），我赶上了它的尾声。

摘自日记

……风雪轻轻刮起。傍晚很安宁，非常寂静。T. 很早就走了——我总是独自一人，电话机默不作声。一些诗纷至沓来，我和往常一样总把它们赶走，直到听到真正的诗句。整个12月都充满诗情，虽然心脏经常作痛而且又频繁复发，可是梅尔赫拉①还没来，只是隐隐闪闪，也就是说，尚且是一些次要的东西。不过我还是可以征服它。

想写回忆的企图突然唤起一大堆往事，记忆在加深，如同患病：说话声、杂音、气味、人们、巴甫洛夫斯克公园里枞树上的铜十字架，等等等等，无穷无尽。比如想起我第一次在维亚切斯

---

① 梅尔赫拉是圣经故事中一个少女的名字。阿赫玛托娃于1922—1961年把她写入诗中。

拉夫·伊万诺夫那里朗诵诗的情况，那是 1910 年，也就是五十年前。①

处处要保护诗作，免受其他影响。

最近，我总觉得自己身外发生了什么事。从哪一条路来的还不清楚，是在莫斯科，或在别的地方，像巨大的火炉的热风，或像轮船的巨轮在吸引我。

29 日我和伊琳娜②去科马罗沃"创作之家"——仅去十天。也许能休息一阵——更可能休息不了。

……人人知晓，有的人从圣诞节开始就感受到春天已经来临。可是我今天就感受到春天了，虽然冬天还没有到。与它相连的是那么多美妙的、欢快的事物，我不敢告诉别人，怕把这事弄糟。我还觉得我和朝鲜玫瑰相联系，和大瓣的绣球花，和长在静静的黑土地里的根须相联系。它们现在是否冷呀？雪还满意吗？月亮在望着它们吗？这一切都与我血肉相连，我甚至在梦中也忘不了它们。

1959 年 12 月 24 日（欧洲圣诞前夜）

---

① 维亚切斯拉夫·伊万诺夫听完阿赫玛托娃的朗诵《他们来了，说你的弟弟死了!》，咧着嘴笑了一下，说："多么重的浪漫主义。"这句话在当时是很值得怀疑的奉承。

② 普宁前妻的女儿。普宁是阿赫玛托娃第三任伴侣。

白桦树

第一，谁也没有见过这种白桦树。我一想到这些白桦树就感到恐惧。这是一种说不清楚的感觉。一种可怕的悲惨的东西，如同"别尔加姆祭坛"①，富丽堂皇，独一无二。树林里好像应该有乌鸦。世界上没有比这些白桦更美的树，雄伟、挺拔如同得鲁伊特②，甚至更古老。过了三个月，可是如同昨天，我还是醒悟不过来，但我总不希望这是梦。我需要真实的。

1959—1961 年

＊　　＊　　＊

众所周知，每一个离开俄罗斯的人都随身带走了最后一天。不久以前，阅读狄·萨拉③写的关于我的文章时，不得不进行一次核对。他说，我的诗全部来自米·库兹明④的诗作。四十五年来已无人如此认为了。可是维亚切斯拉夫·伊万诺夫自 1912 年永远离开了彼得堡以后，带走了我和库兹明有联系的印象，只因为

① 别尔加姆市的宙斯大祭坛，建于公元前 180 年，现存柏林别尔加姆博物馆。中央有宏伟的浮雕檐壁，浮雕生动逼真地描绘诸神与巨人鏖战的情景。
② 古代克尔特人对祭祀的称呼。
③ 狄·萨拉，意大利评论家，为阿赫玛托娃诗集意大利文译本写过序，下文中提到的文章即为此序。
④ 米·库兹明（1875—1936），俄罗斯作家，早期倾向象征派，后来转向阿克梅派。

库兹明为我的《黄昏》集（1912 年）写过前言。这是维·伊万诺夫所能记得的最后印象，所以他在国外时有人向他打听我，他便说我是库兹明的学生。这样一来，我变成了双胞胎或会变化的人，在某人的印象中和平相处了几十年，跟我的真实的命运没有任何接触。

一个问题油然而生，有多少类似的双胞胎或会变化的人在世界上游荡，他们最后的角色是什么。

* * *

……这些（不太认真的）做法中，有一件事引人注意：从著作中突出我的第一本书（《念珠》集），宣布它为枕边书[①]，同时践踏其余的，即把我看成是谢尔盖·戈罗杰茨基[②]（《春苗》）那种没有创作前途的诗人，和弗朗索瓦丝·萨冈[③]——一位"坦诚可爱"的小姑娘之间的人物。

事情在于《念珠》集出版于 1914 年 3 月，它的生命只有两个半月。那时，文学季节结束于 5 月。当我们从农村回来时，正赶上战争。过了大约一年出版了第二版，印数为一千册。

《群飞的白鸟》集情况也类似。该诗集问世于 1917 年 9 月，

---

① 即"喜爱的书"的意思。
② 谢·戈罗杰茨基（1884—1967），俄罗斯诗人，《春苗》是他 1907 年出版的诗集。
③ 弗朗索瓦丝·萨冈（1935—2004），法国女作家。她十九岁发表了第一部长篇小说《你好，忧愁》。

由于运输不通，甚至没有发行到莫斯科。第二版等了一年时间，和《念珠》集相同。第三版由阿良斯基[①]于1922年印行，同时出现了柏林版（第四版）。它也是最后一版，因为1924年我去了莫斯科和哈尔科夫之后不再出版我的作品了。这一情况持续到1939年……

当时格森出版社已经排好版的二卷集被销毁，时断时续的咒骂已成为有计划的和经过考虑的事（列列维奇在《在岗位上》，佩尔佐夫在《艺术生活》上，等等）[②]，有时强度竟达到十二级，也就是致命的风暴。那时也不让我从事翻译（除鲁本斯的书信，1930年代）。然而我写的第一篇关于普希金的文章（《普希金的最后一篇故事》发表在《星》杂志上。禁令只涉及诗。这就是不加修饰的真实情况。如今，我从外国报刊上知道了我原来在革命之后完全不写诗了，直到1940年代。但我的书为什么不再重版，我的名字只在街头似的辱骂声中才被提及？显然有一种不可抗拒的力量想把我封死在20世纪第二个十年，外加某种莫名其妙的罪过。

* * *

我聆听了肖斯塔科维奇的芭蕾舞组曲中活泼的华尔兹。这是奇迹，仿佛是纯正的美本身在舞蹈。能像他调动声音那样来调动

---

① 阿良斯基（1891—1974），19世纪20年代主持阿尔科诺斯出版社。
② 当时苏联出版界不公正地批判阿赫玛托娃的创作，如列列维奇的《安娜·阿赫玛托娃散记》（1923），佩尔佐夫的《沿着文学的分水岭》（1925）等。

语言吗？

1961 年 11 月

＊　　＊　　＊

……是的，给我颁发了意大利文学大奖——一百万里拉。我正在准备 9 月去意大利领奖……（作家协会）理事会打来电话，倾向于让莫斯科姑娘尼娜陪我同往。

1964 年 6 月 26 日　拉特马尼佐夫访谈录

＊　　＊　　＊

……我准备乘飞机去巴黎①，在那儿待上几天。自从和莫迪利阿尼②会晤以后，我已经五十年没有去过巴黎了。那里变化很大。从巴黎我们再去意大利北部，然后去罗马。从罗马再去西西里岛——在那儿举行颁奖仪式。然后，我大概会在那里待上一段时间……

1964 年 6 月 27 日　拉特马尼佐夫访谈录

＊　　＊　　＊

……很多著名人士被列入这个名单，其中包括古米廖夫③，

---

① 晚年，阿赫玛托娃应邀访问意大利、英国等国。
② 阿米蒂奥·莫迪利阿尼（1884—1920），意大利画家、雕塑家，长期生活在巴黎。本书收录了阿赫玛托娃关于莫迪利阿尼的回忆文章。
③ 古米廖夫当年以诬构的罪名被判处死刑，20 世纪 80 年代恢复名誉。

共计六十一人，被处决的有五十一（？）人。原来这个阴谋并不存在，审查了所有材料以后，古米廖夫将被平反……

1964 年 6 月 27 日　拉特马尼佐夫访谈录

＊　　＊　　＊

　　如果诗歌命定 20 世纪要在我的祖国繁荣的话，我敢说我一直是欢悦和可信的证人……我深信，我们现在还没有彻底弄清我们具有多么神奇的大合唱。俄语充满青春活力，而且柔韧，我们才刚刚开始写诗，我爱它、信赖它。

日记的散页

阿赫玛托娃晚年着手写一部回忆友人们的随笔。她以《日记的散页》为名发表了回忆好友洛津斯基、第一任丈夫古米廖夫、俄罗斯诗人曼德尔施塔姆、意大利画家莫迪利阿尼等人的文章。

高莽

英诺肯季·安年斯基

(一)

当巴尔蒙特和勃留索夫结束他们自己开创的事业时（显然，使省城的写作狂们久久地困惑不解），安年斯基的事业以其沉痛的力量活在后辈的心中。假如他不是过早地谢世，他会亲眼看见，他所播洒的豪雨迸溅在鲍·帕斯捷尔纳克的书页上，音调玄妙的"让爷爷和丽达和睦相处……"已被赫列勃尼科夫继承，他的拉洋片唱词《氢气球》已被马雅可夫斯基接受，如此等等，不必赘述。我并不想以此说明，所有的人都在模仿他，但是他的确同时探索过很多条道路！他的身上蕴藏着那么多新颖的胚芽，以至于所有创新都跟他有亲缘关系……

鲍里斯·列昂尼多维奇·帕斯捷尔纳克……坚决肯定安年斯基对他的创作起了巨大的作用……

我和奥西普几次谈过安年斯基。他总是以不变的崇敬提及安年斯基。

我不知道玛丽娜·茨维塔耶娃是否了解安年斯基。

古米廖夫的诗歌和散文中对这位导师充满爱戴和敬仰。

（二）

近年，英诺肯季·安年斯基的诗歌的声音响得尤为嘹亮。我认为这是理所当然的事。让我回忆一下亚历山大·勃洛克给《雕花柏木匣》作者写的书信，其中曾抄录了《平静的歌》的诗句："这会永远留在记忆中。这里留下了心灵的一部分。"我深信安年斯基在我们诗歌界应当占有像巴拉廷斯基、丘特切夫、费特的荣誉地位。

英诺肯季·安年斯基不是因为帕斯捷尔纳克、曼德尔施塔姆和古米廖夫模仿他而成为他们的导师——不……但上述几位诗人已经"包含"在安年斯基之中。比如，我们回忆一下安年斯基的《草台戏小丑的三叶草》①：

> 乖孩子，快来买氢气球！
> 哎，穿狐皮大衣的先生，
> 不要舍不得五毛钱出手：
> 我撒手让它飞上青天，

———————————

① 引自安年斯基的诗《小铃铛》。

你就花两个小时用两只眼，

紧紧地盯住它看啊看！

你可以把《儿童玩的小气球》和年轻的马雅可夫斯基的诗，和他在《讽刺》① 周刊上刊登的"充满明显的老百姓的土语"作个对比……

读者请看：

铃铛铃铛，丁零零地响，

铃铛铃铛，丁零零地响，

劈成小块块，磨成碎末，

越来越多呀，越来越多，

劈成小块，磨成碎末末。

铃铛铃铛，丁零零地响，

一群唠叨鬼，蜂拥而上，

嘟嘟囔囔的。又争又抢，

呼尔喊叫着，手忙脚忙，

手脚忙乱着，又叫又嚷，

弄坏了铃铛，叫人心慌——

---

① 《讽刺》周刊，俄国自由资产阶级派讽刺与幽默刊物，1908—1914 年在彼得堡出版。

外行者或许会认为这是维里米尔·赫列勃尼科夫的诗。其实我读的是安年斯基的《小铃铛》。如果我们说《小铃铛》一书中已播下种子，后来声音嘹亮的赫列勃尼科夫形成风格，这样说大体不会有错。《雕花柏木匣》诗集中已倾注了帕斯捷尔纳克的滂沱大雨。尼古拉·古米廖夫的诗歌并非如大家一般所认为的那样来自法国帕尔纳斯派①，而是起源于安年斯基。

　　我"开始"写诗也模仿安年斯基。我认为他的创作充满悲伤、真诚和艺术的完美……

---

① 法国的一个诗人团体，鼓吹"为艺术而艺术"，主张"完美形式"的恬静诗词。

忆勃洛克①

第一次登台朗诵。那已经是五十二年前的事了。

大概谁也忘不了自己第一次公开登台朗诵的情况。

……1913 年秋，在彼得堡一家饭店里（阿尔贝特饭店？）为前来俄国访问的维尔哈伦②举行欢迎会。同一天，别斯图热夫学校③也举办了一个规模相当大的内部晚会，只限本校女学员参加。

筹备晚会的人中有位太太（女慈善家），想请我也去参加，让我向维尔哈伦致欢迎词。我对他怀有温柔的爱慕之情，不是因为他那轰动的大都市主义，而是因为一首小诗。我从来没有见过

---

① 阿赫玛托娃写了有关诗人勃洛克的片段，后来拟出版一部以《我如何没有和勃洛克发生浪漫史》为名的书，其中还有一章《悲惨的秋天》，但都没有完成。这里译出的是她反复修改的回忆勃洛克的部分，还有几段草稿和计划。阿赫玛托娃所作《忆勃洛克》有多个版本，这是其中之一。个别段落根据别的版本予以补充。

② 维尔哈伦（1855—1916），比利时著名现代派诗人，同时也写戏剧与文艺评论。他的诗突出地表现了近代都市生活，所以被称为大都市的歌手。

③ 别斯图热夫学校 1878 年建立于彼得堡，是高等女子学府。当时因别斯图热夫-廖明教授任校长，故得此名。

这首小诗印出来，但不知根据什么人的声音，我永远把它记住了，并背了下来：

> 在很远很远的地方，在天边
>
> 住着国王的两个孩子，
>
> 那里还有一座小木桥……
>
> 它们彼此相爱。为什么？
>
> 因为桥下的水，深又深……①

我总觉得彼得堡的餐厅里举行盛大招待会像是开追悼会，燕尾服、上等香槟酒和不伦不类的法语，还有祝酒词——鉴于此，我决定参加女学员的集会。

这个晚会来了一些贵妇人，其中有一位是女作家阿里阿德娜·弗拉基米罗夫娜·特尔科娃（韦尔格斯卡娅，第二个丈夫姓威廉斯。我父亲背后称她为标志女郎阿里阿德娜）。我小的时候，她就认识我，我发言之后，她说："瞧，阿涅奇卡②已经为自己争来了平等的权利。"那天，施吕瑟尔堡人莫罗佐夫③也在场，他把

---

① 原文为法文。

② 安娜的爱称。

③ 尼古拉·亚历山大罗维奇·莫罗佐夫（1854—1946），职业革命家、作家、学者。1881 年从欧洲秘密回国时，被沙皇政府逮捕，关在施吕瑟尔堡监狱，即后来的彼得要塞监狱。

我当成了女学员。

我在演员化妆室里遇见了勃洛克。

我问勃洛克为什么没有去参加维尔哈伦的欢迎会。诗人以感人的直率回答道："因为那儿有人会要求我发言，而我不会讲法语。"

一位女学员拿着名单来到我们面前，通知我在勃洛克之后朗诵。我哀求道："亚历山大·亚历山大罗维奇，在您之后我不敢朗诵。"他用带着责备的口气回答说："安娜·安德烈耶夫娜，我们并不是高音歌唱家！"当时他已经是最著名的诗人了。

那两年我也经常在"诗人作坊"①、"艺术语言爱好者协会"②和维亚切斯拉夫·伊万诺夫的"塔"③里朗诵自己的诗篇，可是在这儿，情况完全不同了。

如果说大舞台能够掩饰一个人，那么小平台就会把他无情地暴露于众。小平台活像个断头台。那天，我可能第一次有了这种感受。对于站在小平台上的人来说，朗诵的人觉得场内的人仿佛是一个千头怪物。控制全场很难。在这方面，左琴科是个天才。帕斯捷尔纳克在小平台上也蛮好。

---

① 20 世纪初由古米廖夫、曼德尔施塔姆等青年诗人成立的团体，企图革新美学与诗歌创作，存在于 1911—1914 年间。
② 成立于 1909 年，发起人有维·伊万诺夫、安年斯基等人。
③ 指象征派诗人维亚切斯拉夫·伊万诺夫的寓所。他住在彼得堡一座塔楼上，故以"塔"称之。当时每星期三在那里举行文学家集会。

谁也不认识我，所以当我出场时，便听到有人在喊："这是谁?"

勃洛克建议我朗诵《我们在这儿是些游手好闲之辈》。我拒绝说："每当我读到'我穿上一条窄窄的裙子'时——大家就哄笑。"他回答说："每当我读到'酒鬼们瞪着兔子一般的眼睛'时——他们也哄笑。"

好像不是在那儿，而是在另外一个文学晚会上，勃洛克听完伊戈尔·谢维里亚宁朗诵之后，回到演员化妆室，说："他的嗓门油渍渍的，跟律师的一样。"

1913 年年底的一个礼拜天，我带着他的诗集去看他，请他签名留念。他在前两本书上简简单单地写道："阿赫玛托娃留念——勃洛克赠。"（见《美夫人之诗》）。而在第三本上，诗人写了一首短诗献给我："有人会告诉你：美丽是多么可怕……"诗中说我披着西班牙披巾。

* * *

我只去过勃洛克家一次，在那唯一的一次访问时，我顺便提到诗人别涅吉克特·里夫什茨抱怨说："只是因为有他——勃洛克——的存在，才妨碍了我写诗。"勃洛克没有笑，而是十分严肃地对我说："这事我理解。列夫·托尔斯泰也妨碍我写作。"

＊　　＊　　＊

　　在塔什干的时候，别斯图热夫学校的女学员塔拉霍夫斯卡娅
回忆起她曾出席了那次晚会，还记住了我。那时，我们以为以后
再也见不到瓦西里耶夫岛，也见不到那些分了手的人。（塔拉霍
夫斯卡娅是儿童作家，谢·帕尔诺克的妹妹。）她在一本书上给
我题词：

　　　　我的星星啊，阿赫玛托娃，
　　　　住在那鬼里鬼气的房檐下……

那时我们住在卡尔·马克思街 7 号，莫斯科作家的宿舍。

＊　　＊　　＊

　　1914 年夏，我到基辅近郊达尔尼茨去看望母亲，松树林里热
得要命。除了我以外，妹妹伊娅·安德烈耶娃也住在那里。她常
到另一片树林去，去看望波德维日尼克。他一见到她就称她是基
督的儿媳。（《我走近松林》）与涅多勃罗沃①谈俄国的命运。圣索
菲娅和米哈伊洛夫斯基修道院不可摧毁的墙，在自己拜占庭棺材

_____

① 尼古拉·尼古拉耶维奇·涅多勃罗沃（1882—1919），诗人、文艺评论家，他
　是阿赫玛托娃的好友，对后者意识的形成起过一定的作用。

里和魔鬼——跛腿雅罗斯拉夫斗争的堡垒。

* * *

7月初，我回家乡斯列坡涅沃。路经莫斯科。从火车站（基辅火车站）坐马车到另一个火车站（尼古拉耶夫斯科）。昏昏沉沉的、空空荡荡的，还完全是平平静静的莫斯科，和往常一样，只有这座城市才有的钟声，到处色彩斑斓的古老的小教堂，包围它的还有一些小公墓，公墓院里尽是一些疯癫人、盲歌手、修女，有的苦行僧身上还戴着锁链，唧唧作响，教堂里摆放着一些没有盖的棺椁："与圣灵同在!"① 总之，这是玛丽娜·茨维塔耶娃的莫斯科，两年之后，她把赠言献给了我："我把我的钟声阵阵的城市赠给你……"

当火车开进莫斯科时，必不可少的是用莫斯科腔大谈的"伟大的"拉马诺娃②的话题（男人们认为这是最有趣的话题），还谈马匹、赛马，当然还有波杜布内③。这里的口音与我在彼得堡习惯听到的声音显然不一样。

马车拉着我们穿过克里姆林宫（后来有二十年时间不能进入

---

① 内部仓库挂着大锁。一切都成批出售。——原注
② 娜杰日达·彼得罗夫娜·拉马诺娃（1861—1941），莫斯科时装沙龙的女老板，本人是服装设计师。
③ 伊万·马克西莫维奇·波杜布内（1871—1949），俄罗斯摔跤运动员，百战百胜，从未输过一场，1910年获得世界主要锦标赛的冠军。

此地）。令我这个彼得堡女人感到惊奇的是马车夫在斯帕斯基门楼下脱掉帽子，用牙叼着，用手画十字。这一切都是1914年战前的莫斯科。

我搭上第一辆邮政列车。我站在没有遮掩的平台上吸烟。火车在某一个空荡荡的月台前刹了车——有人把装有信件的口袋抛下去。突然，勃洛克出现在我的眼前，由于意想不到，我喊道："亚历山大·亚历山大罗维奇！"他回头看了看。他是个善于委婉提出问题的能手，问道："您跟谁同行？"我只来得及回答一句："一个人。"火车开了。

五十一年后的今天，我翻开日尔蒙斯基①赠给我的勃洛克的《笔记本》，我在1914年7月9日这一天读到："我陪母亲到彼得松涅奇纳去看一看疗养院。魔鬼在捉弄我。安娜·阿赫玛托娃在邮车上。"（火车站的名字就叫彼得松涅奇纳）

写到这里便可以结束了，但是我似乎答应某人证明勃洛克认为我起码是个妖妇，在这里提醒一下，她献给我的短诗，在草稿当中有这样一句话："周围人都说——您是恶魔，您很美……"（1913年12月），设想一下，这位被颂扬的贵妇人"不是那么简单，可以任意杀戮……"——这种恭维的话非常可疑。我不引证她关于在"塔"上朗诵诗的记录，手边没有书，而我在别墅（岗亭），大家都走了，只有秋风在周围狂吹。（书中的片断，书名可

① 维·马·日尔蒙斯基（1891—1971），苏联科学院院士、语言学家。

以叫作《我如何没有和勃洛克发生浪漫史》。）

提一下拉马诺娃。真逗，几个月后，当我躺在莫斯科鲍特金医院时，和我同一病房（11号）躺着一个女人，她自豪地说她母亲是巧手女工拉马诺娃的学徒。

* * *

勃洛克的母亲写过一封信（1914?）给她妹妹叶夫根尼娅·伊万诺娃，她以同情的口吻谈到了我，如果不是赞美的话，也是表示一种愿望，希望她的儿子能和我相爱，可惜她的儿子并不喜欢我这样的女性。受人尊敬的年迈的贵妇人给自己的儿子挑选情人，真是一种奇怪的风俗，出了嫁的妇女和两岁孩子的母亲就成了她们的牺牲品。（此信保存在莫斯科一家博物馆里——几年前别人给我读过。）

* * *

勃洛克的《笔记本》使人零星地有所得，它把模糊不清的往事从忘却的深渊中挖掘出来，并指明事件发生的时间。我又想起了那座木结构的伊萨克桥。桥梁燃着熊熊火焰向涅瓦河口飘去。我和尼·弗·涅多勃罗沃惊诧地望着那不曾见过的场面，这一天还留下了日期……

我在戏剧食堂里又碰见了勃洛克，他脸色憔悴，瞪着一双发了疯的眼睛。他对我说："大家在这儿见面，仿佛已经到了那个世界……"

（……）

我们三个人（勃洛克、古米廖夫和我）在皇村火车站吃饭
（1914 年 8 月 5 日，古米廖夫已经穿上了军装）。勃洛克当时走访
军人家属，给予帮助。当只剩下我们二人时，科利亚①说："难道
把他也派到前线上去？这等于把夜莺扔到油里去炸。"

……1921 年 5 月（?），我们在话剧大剧场②的后台最后一次
会晤时，当时纳佩里保姆为他拍了照片，没有记录。我和扎米亚
京，还有一个人。那是为勃洛克举行的一次盛大的晚会（还有科
尔涅伊·丘科夫斯基）。勃洛克走到我面前问道："那条西班牙披
巾呢?"③ 这是我听到他说的最后一句话。我从来没有西班牙披
巾，他把我也西班牙化了，所以选了一句罗曼采罗④，并有"头
发上的蔷薇"这样的描述。

我相信，谁也不会认为我的头发上有那么怪里怪气的装束。

* * *

1914 年第三首有关基辅的诗，也许不是 1914 年写的，但它

---

① 尼古拉·古米廖夫的爱称。
② 我们去剧场时，走在街上，有位熟人喊了一句："去参加勃洛克追悼会?"——
原注
③ "我从来没有西班牙披巾，是他把我西班牙化了（诗句、披巾、蔷薇），他那时
（1913 年 12 月）常想卡门。"见修改稿上的文字。——原注
④ 原文为德语。

描写的是那个时期：

在基辅大教堂面对智慧的神灵，

我双腿跪地，向你宣誓，

不管我的路蜿蜒于何地，

我将会属于你。

我在索菲亚教堂严峻的钟声中

听到了你那惊颤的声音。

结尾（关于勃洛克）

……我们（奥丽嘉和我）去列米佐夫^①家，以便转交斯卡尔金的手抄书。敲不开门。过了几个小时，那里已经有了埋伏——他们前一天逃亡国外。回来的路上，在喷泉街 18 号院落里，遇见了塔马拉·佩尔西茨。她伤心哭泣——勃洛克逝世了。

棺材里躺着一个人，我从未见过。有人告诉我，那是勃洛克。他身旁站着一个兵。白发苍苍的老人，秃顶，一双精神失常

———————————

① 阿·米·列米佐夫（1877—1957），俄罗斯作家。

的眼睛。我问："这是谁?"——"安德烈·别雷①。"追悼会。叶尔绍夫夫妇（邻居）说，他疼得大喊大叫，窗外过路人都停下了脚步。

当时整个彼得堡，全市的人，都在安葬他，更正确地说，安葬他所遗留下来的一切。在墓园里度建堂节，当地人一再问我们："你们在安葬什么人?"

教堂里举行安魂日祷时，参加者比复活节的晨祷人数还多。一切都像勃洛克诗中所说的那样在不断地发生。这件事大家都注意到了，后来大家也常常回忆。

1965 年 9 年 21 日

终止②

……勃洛克记录中说我和杰利马斯及丽莎·库兹明娜-卡拉瓦耶娃③在电话中把他折磨苦了。看来，就此事我可以提供某些证据。

---

① 安德烈·别雷（1880—1934），俄罗斯小说家，象征主义的代表人物之一。
② 原文为拉丁语。
③ 丽莎·尤里耶夫娜·库兹明娜-卡拉瓦耶娃（1891—1945），原姓皮连科，诗人，"诗人作坊"的成员。十月革命后移居法国，积极参与抵抗运动，以"玛丽亚母亲"闻名，牺牲于法西斯集中营。

我打了电话。亚历山大·亚历山大罗维奇有个习惯，往往把心中想的事说出声来。那天，他以特有的直爽问道："您给我来电话，大概因为阿里阿德娜·弗拉基米罗夫娜·特尔科娃把我说您的话，都告诉了您?"

好奇心快把我憋死了，于是我在阿里阿德娜·弗拉基米罗夫娜的一个什么日子去看望她。我问她，勃洛克都说了些什么，可无论我怎么央求，她也不肯讲："阿涅奇卡，我从来不把这位客人议论别人的话传给那个人。"

基辅教堂弗鲁别利①画的神像。圣母瞪着一双疯狂的眼睛……充满如此和谐的日子一过去，就再也不复返了。我后来的生活就是从一个圈子转向另一个圈子。只不过有个对事物观察准确而细心的人发现，我不要向相反的方向运转，也就是从坏转向好。

* * *

玛丽亚——修女（即丽莎·库兹明娜-卡拉瓦耶娃）在她的巴黎回忆录中写道，勃洛克在"塔"上，当我朗诵了诗作（在这之前，他在诗研究会和"诗人作坊"第一次会议上，在戈罗杰茨基家中，听过我朗诵）之后说："阿赫玛托娃写诗时，仿佛有个男人在望着她，而写诗时应当觉得是上帝在观望诗人。"在"塔"

---

① 弗鲁别利（1856—1910），俄国著名画家。

中类似的发言一般是想象不到的……

* * *

当我们（奥丽嘉·苏杰伊金娜和我）到军人街参加勃洛克第一次追悼会时，与勃洛克住在同一栋楼里的叶尔绍夫（伊万·瓦西里耶维奇）和他的夫人说，他疼得大喊大叫，竟使过路人在窗外停下了脚步。

* * *

我根本不提及柳·德·门捷列娃①。应当回忆的只是能对他说些好话的人。

---

① 柳·德·门捷列娃（1881—1939），大化学家门捷列夫之女，女演员，艺名巴萨尔金娜，勃洛克的妻子。勃洛克的《美夫人之诗》就是献给她的。阿赫玛托娃对她十分反感。

米哈伊尔·洛津斯基琐记^①

我和米哈伊尔·洛津斯基是在 1911 年，在"诗人作坊"的一次早期会议上相识的，那天，我第一次听到他朗诵自己的诗。

我感到骄傲的是，有机会含着悲痛来庆幸地悼念这位无与伦比的、出色的人，他身上既有神话般的韧性、最奇妙的机智敏锐，又有高尚气度和对友谊的忠贞。

洛津斯基工作起来就会废寝忘食。身患一种无疑要使任何一个人致命的疾病的他，却继续在工作，并不断地帮助别人。远在 1930 年代，我到医院去探视他时，他把自己浮肿的照片拿给我看，平心静气地说："这儿的人会告诉我什么时间离世。"

他没有死，面对那超人的意志，折磨他的可怕疾病也变得无能为力。正是在那个时期，他下定决心完成他的终生功勋——翻

---

① 米哈伊尔·列昂尼多维奇·洛津斯基（1886—1955），俄罗斯翻译家、诗人、编辑，是阿赫玛托娃的好友。1965 年 5 月，为纪念米·洛津斯基逝世十周年，阿赫玛托娃接受列宁格勒电视台采访，讲了这段琐记。后来，她感觉不完备，又专门写了一篇纪念文章（见下文）。

译但丁的《神曲》，这事想起来让人觉得不可理喻。米哈伊尔·列昂尼多维奇当时对我说："我想看到附有完全不一样的插图的《神曲》，展现但丁著名的波澜壮阔的对比，比如被一群谄媚者所包围的幸福的归乡赌徒。让威尼斯医院坐落于别的地方，等等。"大概在他翻译过程中，这些场面以其不朽力和秀美浮现在他的思维的目光前，他感到遗憾的是读者不能十全十美地理解。我想，在座的所有人也不太理解何谓翻译连环三韵体，这大概是翻译中最难的工作。当我把这一点讲给洛津斯基时，他回答："应当看着书页立刻意识到怎样形成译文。这是驾驭三韵体的唯一办法；至于逐行翻译——简直是办不到的事。"

我想从洛津斯基作为翻译家的建议中再引一个非常有代表性的例子。他对我说："如果您不是第一个翻译某一作品的人，在您译成作品之前，不要先去读前人的译文，否则记忆会跟您开恶性的玩笑。"

只有完全不理解洛津斯基的人才会认为他翻译的《哈姆雷特》晦涩、难读、让人不能理解。米哈伊尔·列昂尼多维奇这时的目的是想传达莎士比亚语言的年龄，还有连英国人都埋怨他的不通俗。

除了《哈姆雷特》与《麦克白》，洛津斯基同时还翻译了西班牙人的作品，他的译文飘逸纯真。当我们一起观看《瓦伦西亚的寡妇》①演出时，我只是惊叹了一句："米哈伊尔·列昂尼多维

_____

① 西班牙剧作家洛贝·德·维加（1562—1635）的剧作。

奇，这简直是奇迹！一句平庸的韵脚也没有！"他只是微微一笑，说："是啊，好像是如此。"这使人不能摆脱一种感觉，即俄语中比过去想象的韵脚更多。

在艰苦而高尚的翻译事业中，洛津斯基对 20 世纪来说，相当于 19 世纪的茹科夫斯基①。

米哈伊尔·列昂尼多维奇对自己的朋友一生坚贞忠诚。任何时候、任何事上，他都随时准备帮助朋友。信守诺言是洛津斯基最大的特点。

当阿克梅派最初组成时，我们最接近的人就是洛津斯基，但他不愿意放弃象征主义。继续担任我们的杂志《吉别尔保列伊》②编辑的同时，他还是"诗人作坊"的主要成员之一，是我们众人的朋友。

我的讲话即将结束时，我表示希望今晚的集会能成为研究一个人的伟大遗产的开端。我们因有这么一个人，这么一位朋友，这么一位导师，这么一位相助者和无与伦比的诗人—翻译家而自豪。

1940 年春天，当米哈伊尔·列昂尼多维奇审阅我的诗集《选自六本诗集》的校样时，我为他写了一首诗，要说的话都包含在

---

① 瓦·安·茹科夫斯基（1783—1852），俄国诗人，彼得堡科学院名誉院士。
② "吉别尔保列伊"一词，辛守魁译作"极北族人"（见《阿赫玛托娃：20 世纪文学泰斗》一书，四川人民出版社，2003 年），徐振亚译作"北方之神"（见《阿赫玛托娃诗文集》一书，安徽文艺出版社，1999 年）。

诗里了：

当万物崩溃的时刻

几乎从幻影的神奥

接受这春天的赐予

作为最出色的回报。

愿它，崇高的自由的灵魂，

不朽的忠诚，

超越一年四季，

被称之为友好——

它如同三十年前，

对我短暂地一笑……

夏花园的栏杆，还有

列宁格勒雪花飘飘……

这本书里好像是

魔镜在闪烁，

复活了的芦苇

在沉思的勒托①身边喧嚣。

---

① 希腊神话中宙斯的妻子，阿波罗及阿耳忒弥斯的母亲。

洛津斯基

明天是祈祷和悲伤的日子①

1911 年，丽莎·库兹明娜-卡拉瓦耶娃在练马场广场的家中召集的"诗人作坊"第二次集会上，把我介绍给了他。这儿是丽莎母亲（皮连科）豪华的私邸，她母亲似乎是纳雷什金娜②所生。丽莎本人和米佳·库兹明-卡拉瓦耶夫过的是大学生的生活。米哈伊尔·列昂尼多维奇·洛津斯基表面是位举止文雅的彼得堡人，爱说俏皮话，又招人喜欢，但他写的诗却异常严肃，高深莫测，说明他紧张的精神生活③。我认为当时他写给我的诗最为出色（《忘不了的女人》）。

我们一下子就成了好朋友，友情一直延续到他逝世（1955 年 1 月 31 日）。当时，即 20 世纪第一个十年里，形成了一个三人联

---

① 引自丘特切夫的《1864 年 8 月 4 日纪念日前夕》。

② 系十二月党人纳雷什金之女。

③ 现在那些诗谁也不喜欢。——阿赫玛托娃原注，以下简称为阿注。

合体：洛津斯基、古米廖夫和希列伊科①。古米廖夫和丽莎玩牌，他们彼此以"你"相称，可是又互相尊称父名。见面时相互请安，告别时相互吻别。大家喝的是"弗洛吉斯敦"（一种散装的廉价酒）。洛津斯基和古米廖夫二人都认为第三人（希列伊科）的天才绝对超群，对他奉如神明。是他们（愿上帝宽恕他们）硬让我相信世上无人可以与其相比。不过这已是另一个话题了。

洛津斯基在圣彼得堡大学毕业于两个系（一个是为父亲读完法律系，另一个是为自己完成语言系）。他在"诗人作坊"中是最有学问的人（我不敢评论希列伊科的奇妙的知识）。他当着我的面让奥西普·曼德尔施塔姆修正《还有下毒的女人费德拉》，因为费德拉没有毒死任何人，仅仅是爱上了前夫的儿子。他也不止一次为古米廖夫纠正他有关古代传说或其他方面的疏忽。②

希列伊科向他讲解圣经和塔木德③，但主要当然是诗。

古米廖夫建议马科夫斯基④邀请洛津斯基担任《阿波罗》⑤杂志的秘书。这是对他最好的支持。游手好闲、信口胡说的马科夫斯基处处依赖自己的秘书，犹如他的靠山。洛津斯基精通外

---

① 弗·希列伊科（1891—1930），东方学学者、诗人、翻译家，是阿赫玛托娃的第二任丈夫。

② 譬如："萨莫特拉斯的胜利"应为"萨莫弗拉斯的胜利"。——阿注。

③ 形成于公元前4世纪至公元前5世纪的犹太教义、宗教伦理与律法等。

④ 谢·库·马科夫斯基（1878—1962），俄罗斯诗人、美术评论家，《阿波罗》杂志编辑。

⑤ 俄罗斯1907—1917年出版的文艺杂志，先后与象征派和阿克梅派有关系。

语，他是异乎寻常地绝对认真的人。不久以后他便开始从事翻译，发现自己大有一展身手的才能。他在这条路上达到极高的荣誉，并留下了无法超越的完整的译本榜样。但这一切都是很久以后的事。那时他常和塔季扬娜·鲍里索夫娜去听歌剧，经常造访"丧家犬"酒吧①，并处理《阿波罗》的一些杂事。这并没有妨碍他成为我们《吉别尔保列伊》（现在已是少有的文献珍品）的编辑和审阅我的诗集校样。他审阅稿子像做其他事一样无懈可击。我撒娇，他却亲切地说："她和自己的秘书一起办事，心情不好。"这是发生在图奇卡胡同我的家里，我们一起读《念珠》诗集的校样时说的。多年以后（1940 年出版《选自六本诗集》时），他又说："您既然这么说了，别人也会照说不误，不过还是不糟蹋俄罗斯语言更好？"于是我不得不改正自己的错误。他最后一次对我的帮助是审阅《玛丽蓉·德洛麦》②的草稿。他也看了我的《鲁本斯书信》，为此他从公共图书馆下班后来到我位于喷泉楼的家中。

饥饿年代，洛津斯基和他的夫人饿得东倒西歪，可是他们的孩子们却身体胖胖，面色红红，还有他们那位阅历丰富的保姆也是胖乎乎的。洛津斯基由于吃不饱而浑身浮肿。

---

① "丧家犬"酒吧位于彼得堡米哈伊洛夫广场 5 号地下室，1911—1915 年营业，现代派诗人、艺术家常在此聚会，朗诵诗歌或演出剧目，消磨夜晚。也有人译作"流浪狗"酒吧或"浪荡狗"酒吧。
② 法国作家雨果的剧本，写于 1829 年。

＊　＊　＊

1930 年代——他的个人生活中发生沉痛的复杂关系：他爱上一位年轻的姑娘①。她是一位翻译工作者，他的学生。详情我毫无所知，即使知道的话也不会张扬，但在世界文学出版社（在莫赫瓦亚街 36 号）召开的一次晚会上，她要求他离开自己的家，娶她为妻。结果洛津斯基进了医院②，这事总算告一段落。她嫁了人，不久后去世。临终时，他一次又一次去医院——整夜地护理她。

＊　＊　＊

他长时间患病，而且病情严重。1930 年代大难临头，他的脑垂体增生，使他变了相。他头疼得厉害，六点钟之前他甚至连亲人们也不接见。等他终于治好这种病还有喉结核时，又犯了气喘病，最终被夺走了生命。

去年我在电视广播（值得找出来）中，回忆了关于洛津斯基的细节，它不应当被忘记（关于《神曲》等的翻译方法）。

我的书里应当有一章关于我这位敬爱的不可忘却的友人，他

---

① 这位姑娘名叫阿达·奥诺什凯维奇-亚琴娜。她后来嫁给海军军官叶甫根尼·什维杰（1890—1977）。

② 洛津斯基长时间住医院，阿赫玛托娃经常去探视。有一次他对阿赫玛托娃说："我的腿疼得厉害，当我看到第一个自由走来走去的人时——我哭了。"

是英勇与高尚的典范。

＊　＊　＊

他最后的一件喜事是他译的剧本在舞台上演出。他邀请我去观赏《瓦伦西亚的寡妇》。演到中间时，我悄悄对他说："天哪，米哈伊尔·列昂尼多维奇，一句平庸的韵脚也没有。台词太不可思议了。"这位奇人回答说："是啊，好像是如此。"

《霸占草料的狗》。每场演出都好评如潮。

1. 关于《哈姆雷特》和西班牙著作的翻译……嫉妒心强又缺乏修养的小人们硬说《哈姆雷特》译文沉重、难懂，等等。他们根本没有想到原文正是这种风格，而洛津斯基比谁都会译得轻松、透明、飘逸，只要读一读西班牙喜剧的译本即可感受到这些……

2. 他建议自己的译本未完成之前，不要读他人的译作，"否则记忆会跟你开恶性的玩笑"。

＊　＊　＊

1914 年战争初期他和我们在一起。我总是把古米廖夫从前线寄来的诗交给他（供《阿波罗》刊用）。我们的通信保留了下来。①

---

① 阿赫玛托娃与洛津斯基的通信确实保留下来了，如今存放在彼得堡洛津斯基档案馆。

苏杰伊金为我画的像一直挂在洛津斯基的办公室里。事情的经过是这样。我和苏杰伊金来到《阿波罗》的杂志编辑部。当然是去看望洛津斯基（我从未进过马科夫斯基的办公室）。我坐在沙发上。谢尔盖·尤里耶维奇在《阿波罗》的专用笺上为我画了一幅速写像，并把它送给了米哈伊尔·列昂尼多维奇。

＊　　＊　　＊

像所有从事艺术的人一样，洛津斯基很容易爱上别人。"明眸自古以来如此，还有戴着锁链（即手镯）的纤纤细手"[①] 就是他献给我的瓦丽娅[②]的（她一度在公共图书馆工作），并作为真正的诗人预言了自己的死亡：

> 随时准备变成可怕的腐体。

这是指自己的肉身。本来还年纪轻轻的，他似乎就已预见到自己被可怕的疾病变得畸形的样子（见 1920 年代初的诗）[③]。

洛津斯基熟知拼写方法和标点符号的规则，对它们的感受如同人们对音乐的感受一样。当他审阅我的诗稿校样时，他说：

---

① 引自洛津斯基的诗《岂能不为你唱赞歌》（1919）。

② 指瓦列丽娅·谢尔盖耶夫娜·斯列兹涅夫斯卡娅，她是阿赫玛托娃最亲密的同学及好友。

③ 见洛津斯基的诗《可爱的事物如此多，竟使心脏无法承受》（1921）。

"俄国文字中没有'一点一横'这种标点符号，可是您这么写了。"

古米廖夫就此事经常说：

> 嗨！家中只有
> 她一个人识字——

不用说了，《吉别尔保列伊》完全仰仗洛津斯基。他大概总要从出版社买书号（大概是四十卢布），亲自做校对，并和代理商们一起聘请编务人员。

我在另一处已经写过，宣布阿克梅主义（1911 年）时，洛津斯基（还有弗·弗·吉皮乌斯）拒绝加入这一新流派。洛津斯基甚至不想离开巴尔蒙特，我觉得他有些过分了。

*   *   *

洛津斯基常对我说："啊，女皇啊，你的职业是多难之秋。"而我居然不知道这句话引自何处。显然来源于俄罗斯古代文献。

*   *   *

希列伊科和我结为连理以后，由于强烈的嫉妒，他不再理洛津斯基。米哈伊尔·列昂尼多维奇不向他作任何解释，只伤心地告诉我："他把我从自己的心房里轰出去了。"

*　*　*

我写得越长，想起来的事也越多。记得有几次我们乘坐马车去远行，雨水轻轻地落在撑起来的车篷上，我身上的香水味和淋湿的皮革味道混在一起。皇村铁路的车厢（这整整是一个天地），"诗人作坊"的聚会，米哈伊尔·列昂尼多维奇用一种让人不能忘却的嗓音讲话。（在作家协会追悼他的晚会上，听到空中某处传来他朗诵《地狱》中某一首诗的声音，让我心悸肉跳。）

*　*　*

身边的人都知道洛津斯基有一股舍己为人的勇气，但作家协会恢复我会籍的理事会上（1950年）让他讲话时，他提到罗蒙诺索夫①宁肯抛弃科学院而不是相反，大家都大吃一惊。至于我的诗，他说："只要她用以写作的语言存在，她的诗就会存在。"

他讲话时，我是怀着恐惧心理观察着"俄罗斯土地上伟大作家们"低垂的眼睛。那是个严峻的时代……

*　*　*

如今，每当我乘车返回科马罗沃镇的住处，回到自己的"岗

---

① 罗蒙诺索夫（1711—1765），俄国科学家、诗人、画家、历史学家。

亭"去时，总要经过基洛夫大街一栋大楼，我看到墙上一块大理石牌子（"他曾住在这里……"），我心里想："他曾住在这里，如今他住在每一个了解他的人的心中，永远不会被人们忘记，因为善良、高贵和宽容是无法被忘记的。"

1966 年

帕斯捷尔纳克

　　《第二次诞生》结束了抒情诗的第一个阶段。看来，继续走不下去了……漫长的（十年）、苦恼的间歇时刻来到了，他确实一行诗也写不成。这已经为我所目睹。我听到他那六神无主的腔调："我怎么啦?!"有了别墅（佩列杰尔金诺①），先是夏季避暑，后来是过冬。实际上他永远放弃了城市。在那里，在莫斯科郊区，他和大自然汇合交融。大自然是他一生中唯一全权的缪斯，是他窃窃私语的交流对象，是他的未婚妻，是他的恋人，是他的妻子和遗孀——大自然对他来说，就相当于俄罗斯对于勃洛克。他至死对大自然忠贞不渝，而大自然慷慨地赐予他褒奖。窒息时代结束了。1941 年 6 月，当我来到莫斯科时，他在电话里对我说："我写了九首诗。现在就来给你朗诵。"他来了。说："这仅仅是开始——我会大写特写。"

---

① 位于莫斯科西郊，帕斯捷尔纳克在这里生活了二十一年。

茨维塔耶娃

一

　　1941 年 6 月，我们是第一次也是最后一次在大奥尔登卡街 17 号，阿尔多夫①住宅里（第一天）和在马里亚树林区，在尼·伊·哈尔德日耶夫家中（头一天和最后一天）有过两日的会晤。如果玛丽娜还活着，而我在 1941 年 8 月 31 日死去，她会怎样记述那次会晤呢，一想到这事就心悸肉跳。正像我们祖辈说的，这将是一个"芳香袭人的传说"。也许是对二十五年的相爱的哭诉，是多此一举，但无论如何让人留恋。如今，她像女皇一样回到了自己的莫斯科，而且是永远回来了（不是她喜欢把自己比作的那个人，即阿拉伯女孩和身穿法国连衣裙——也就是袒胸露背的衣服——的猴子。我想不作为"传说"地回忆那两天。

---

① 维·叶·阿尔多夫（1900—1976），俄罗斯幽默小说家。

二

1941 年 6 月，当我为玛丽娜·茨维塔耶娃朗诵了长诗的一段（第一个草稿）后，她不无挖苦地说："在 1941 年写科洛姆比娜和皮埃罗①几家，需要有足够的勇气。"她大概以为这部长诗是别奴阿和索莫夫的"艺术世界"派的风格的产物，也就是她在国外与之斗争的陈旧破烂。时间说明，并非如此。

三

玛丽娜陷入荒谬之中。见《空气之歌》②。她在诗歌范围内感到狭窄。她正如莎士比亚作品中的克莉奥佩特拉关于安东尼的说法那样像条海豚③。单纯写诗，她还嫌不足，她闯入别的或其他多个领域。帕斯捷尔纳克则相反，他从自己的帕斯捷尔纳克的荒谬之中返回通常的诗歌（1941 年——佩列杰尔金诺组诗。如果诗歌能够变成通常的话）。曼德尔施塔姆的道路则更复杂更神秘。

1959 年

---

① 阿尔连金、科洛姆比娜、皮埃罗皆为长诗《没有英雄人物的叙事诗》中的人物。
②《空气之歌》(1927) 是茨维塔耶娃献给飞越大西洋的美国飞行员查理斯·林德伯格的长诗。
③ 原文为英文。

曼德尔施塔姆

一

1957 年 7 月 28 日

　　……洛津斯基的逝世莫名其妙地扯断了我对往昔回忆的情丝。从此，凡是他不能作证的事我都不敢再去回忆（关于"诗人作坊"、阿克梅主义、《吉别尔保列伊》杂志及其他，等等）。他晚年为疾病所缠，我们极少见面，我没有来得及跟他谈完某些至关重要的事，也没有来得及为他朗诵我在 1930 年代写的诗（即《安魂曲》）。这些原因，使他在一定程度上把我继续看成是当年在皇村认识我时的样子。1940 年我们在一起校对《选自六本诗集》的校样时，我才察觉到这一点。

　　　　　　　　＊　　＊　　＊

　　曼德尔施塔姆对我的看法有些类似，只是表现形式不同罢了（他当然熟悉我的每一首诗）。此人不善于回忆，确切地说，回忆在他身上是另外一种过程，目前我还找不到恰当的字眼来形容这种过程，但，这个过程无疑更接近于创作。（举个例子——《时代的喧嚣》中用五岁儿童明亮的眼睛看到的彼得堡。）

曼德尔施塔姆不愧为出类拔萃的健谈对手中的佼佼者：他不是倾听自己讲话，也不是回答自己提问，如同现在几乎所有人做的那样。讲起话来，他谦恭、机灵，而且花样翻新。我从来没有听过他讲重复的话，或者像是放上旧唱片那样让老调重弹。奥西普·埃米利耶维奇学习别种语言，真可谓不费吹灰之力。他可以用意大利文整页整页地背诵《神曲》。临终前不久，他还要求娜佳①教会他过去一窍不通的英文。一旦谈起诗来，他振振有词、激情四射，有时又偏颇到骇人听闻的地步，如对勃洛克。关于帕斯捷尔纳克，他说："关于他我想得太多了，甚至于想累了。"还有："我的诗，他一行也没有看过，对此我深信不疑。"② 关于玛丽娜，他说："我是反茨维塔耶娃的人。"③

---

① 曼德尔施塔姆的妻子娜杰日达·雅科夫列夫娜（1899—1980）的爱称。

② 后来证明他说得对。帕斯捷尔纳克在自传体散文《人与事》中写道，他当时对四位诗人估计不足，即古米廖夫、赫列勃尼科夫、巴格里茨基和曼德尔施塔姆。——阿注

③ 曼德尔施塔姆认为他与茨维塔耶娃在诗歌体系方面极不一致。茨维塔耶娃也有这种看法。1916 年，她在献给曼德尔施塔姆的诗《任何人没有夺走任何东西》中就写道："年轻的杰尔查文，我的不规则的诗，对您有何用？"康·杰尔查文（1743—1816）是俄国诗人，俄国古典主义文学代表。此处喻指曼德尔施塔姆。

奥西普对于音乐如数家珍，这是极少有的特质。人世间他最怕自己沉默。他把这种现象称为窒息。当窒息出现时，他就吓得坐卧不安，并编造种种荒唐的理由来说明这种灾难。第二种令他伤心的事是读者，这事经常发生。他总认为爱他的人并非应该爱他的那些人。他熟悉并牢记别人的诗，常常对个别句子酷爱至深。譬如：

> 雪花兄弟的白袍
>
> 飘落在马蹄踩烂的热泥上……

我仅仅根据他的吟诵记住了这句诗。是谁写的呢？

他喜欢谈论自己称为"犯傻"的现象。有时为了讨我开心，又讲一些无聊却逗趣的琐事。比方说，他年轻时似乎曾把马拉美的"年轻的母亲在给婴儿喂奶"[①] 译成了"梦中喂奶的年轻的母亲"。我们相互逗乐，倒在"图奇卡"[②] 的沙发上，压得所有弹簧吱吱作响，哈哈笑得几乎晕过去，如同乔伊斯[③]的小说《尤利西斯》中的……小姐们。

[①] 这是法国诗人马拉美（1842—1898）的诗句。曼氏把 son（婴儿）误认为是 song（梦）。

[②] "图奇卡"系阿赫玛托娃的丈夫古米廖夫在彼得堡图奇卡胡同租赁的一间屋子的昵称。

[③] 詹·奥·乔伊斯（1882—1941），爱尔兰作家，《尤利西斯》是他的代表作。

我和奥西普·曼德尔施塔姆是 1911 年春天在维亚切斯拉夫·伊万诺夫的"塔"里相识的。当时，他还是个面目清秀的翩翩少年，纽扣孔上插着一支铃兰花，头颅向后高仰，目光炯炯炙人，睫毛遮住半张脸庞。第二次见到他是在老涅瓦街托尔斯泰家里。他没有认出我，当阿列克谢·尼古拉耶维奇[①]向他打听古米廖夫的妻子时，他用手比画了一下，说明我戴过一顶怎样的大帽子。我怕出现无法挽救的尴尬，便自报了家门。

这是我认识的第一个曼德尔施塔姆，绿色封面诗集《石头》的作者（阿克梅出版社出版）。他在书上题了几句话："昏头昏脑时的理智火花。安娜·阿赫玛托娃留念。作者敬赠。"

奥西普喜欢以其特有的令人叫绝的自嘲调侃一位犹太老人——印刷《石头》诗集的印刷所的老板——怎样为他的诗集出版表示祝贺。老人握了握他的手说："年轻人，你会写得越来越好。"

我仿佛是透过瓦西里岛上的薄雾，看见他在过去的"金希饭馆"（位于二道街与大直街拐角处，现在那儿是理发馆）里，传说当年罗蒙诺索夫在那儿喝酒把公家的钟都给喝掉了，我们（古米廖夫和我）有时从"图奇卡"走到那儿去吃早饭。在"图奇卡"没有开过任何会，也不可能开。这是尼古拉·斯捷潘诺维奇当大学生时住的一间屋子，连坐的东西都没有。有关在"图奇

---

① 即托尔斯泰。

卡"五时茶的描写（格奥尔吉·伊万诺夫①——《诗人们》），从头至尾纯属捏造。尼·弗·涅多勃罗沃从未跨过"图奇卡"的门槛。

这位曼德尔施塔姆——如果不是主持编撰《经典蠢话大全》的合作者，起码也算是不遗余力的同仁。"诗人作坊"的成员们（除我以外，几乎所有人）聚餐时都参加编造。（"列斯比娅，你去过何地……"）（"列昂尼德的儿子真吝啬……"）

　　朝圣人！你来自何方？——我曾到希列科②家做过客。

　　此人午饭吃鸭肉，活得真不错，

　　手一触电钮——光明就四射。

　　如果第四条圣诞街上住着这种人

　　那么第八条街上又是什么人？

　　朝圣人！求求你，告诉我。

我记得这是奥西普之作。津克维奇③也持同样看法。

嘲弄奥西普的短诗：

_____

① 格·弗·伊万诺夫（1894—1958），俄国诗人，1923年流亡国外，死于巴黎。
② 指希列伊科。
③ 米·津克维奇（1891—1973），俄罗斯诗人、翻译家。

烟灰落满左肩头，别吭声——

让友人害怕吧！——大金牙。

（此句来源于《让大海害怕吧——镶有牙的怪鱼》）

　　这两句也可能是古米廖夫编的。奥西普吸烟时，总像是往肩后抖烟灰，其实一堆烟灰往往都落在肩头上。

　　"诗人作坊"的成员们针对普希金著名的十四行诗（《严肃的但丁对十四行诗没瞧不起》）编写的讽刺短诗，保留其残行断句，或许是值得的：

勃留索夫并不藐视十四行诗，

伊万诺夫用它编成了花环，

阿涅塔的丈夫喜欢它的诗格，

沃洛申唠唠叨叨出手不凡。

很多诗人都对它十分迷恋，

库兹明拿它当车夫来干，

一旦忘记羽毛球拍和球，

就派它去把勃洛克追赶。

弗拉季米尔·纳尔布特，真是一条狼，

……披上了玄妙的服装，

津克维奇为他掩住了

莫拉夫斯卡娅①的珍贵的泪花。

(有些话记不得了)

　　再看一看关于星期五聚会的诗（八行两韵诗，好像是瓦·瓦·吉皮乌斯写的）：

1

每到星期五，在《吉别尔保列伊》

文学玫瑰盛开。

米哈伊尔·洛津斯基

边吸烟边说笑，走了出来，

他用大手把自己的产儿——

杂志——抚爱。

2

尼古拉·古米廖夫

一条腿高翘，

为了播种浪漫主义，

他将珍珠随地乱抛。

———————————————

① 玛·莫拉夫斯卡娅（1889—1997），俄罗斯诗人、小说家，1914年前是"诗人作坊"的成员，后流亡国外。

96

不管廖瓦①在皇村又哭又闹，

尼古拉·古米廖夫

一条腿高翘。

3

阿赫玛托娃目光忧伤，

望着在座的每一位。

她穿着真正麝鼹做的皮衣，

散发着一种沁人心肺的香味。

她盯着不声不响的客人的眼睛

············

············

4

······约瑟夫·曼德尔施塔姆，

坐上阿克梅的四座马车······

    不久以前有人发现了奥西普·曼德尔施塔姆写给维亚切斯拉夫·伊万诺夫的信（1909 年）。这是一个参加"诗研究会"前身活动的人（"塔友"）。象征主义者曼德尔施塔姆写的。目前还没有发现维亚切斯拉夫·伊万诺夫是否给他回过信。写信的人当时十八岁，但可以发誓，说他已年及四十未尝不可。信中还

---

① 指古米廖夫和阿赫玛托娃的儿子，他当时随家人住在皇村。

有好多诗。那些诗写得蛮好，但不是我们称之为曼德尔施塔姆的作品。

阿杰莱达·格尔齐克的妹妹①在她的回忆录中断言维亚切斯拉夫·伊万诺夫不承认我们所有人。1911年曼德尔施塔姆对维亚切斯拉夫·伊万诺夫没有一点好感。"诗人作坊"抵制"诗研究会"。比如，诗中说：

> 维亚切斯拉夫·伊万诺夫，
>
> 身板硬得像核桃，
>
> 诗研究会把沙发
>
> 抛向"诗人作坊"来胡闹……

1915年，维亚切斯拉夫·伊万诺夫来到彼得堡时，到拉兹耶日雅街拜访了索洛古勃夫妇。晚会——盛况空前，佳肴——美味异常。我正在客厅里，曼德尔施塔姆走过来，说："我觉得，一位大师——场面壮观，一对大师——稍显可笑！"

在1910年代里，不言而喻，我们无处不相逢：在某些编辑部，在一些友人的寓所，在《吉别尔保列伊》星期五聚会上，也就是在洛津斯基家中，在"丧家犬"酒馆，顺便提一下，他在那儿向我介绍了马雅可夫斯基。后来在1930年代他还扬扬得意地

_____

① 格尔齐克的妹妹叶夫根尼娅（1878—1944）是翻译工作者。

把这事讲给哈尔吉耶夫①。有一次大家在"丧家犬"酒馆里吃得热热闹闹，碗盘叮叮当当乱响时，马雅可夫斯基异想天开地要朗诵诗，奥西普·曼德尔施塔姆走到他面前，说："马雅可夫斯基，别朗诵了。你又不是罗马尼亚乐队。"当时（1912 或 1913 年）我也在场。伶牙俐齿的马雅可夫斯基居然被弄得无以对答。

我们在"诗研究会"（维亚切斯拉夫·伊万诺夫指手画脚的"艺术语言爱好者协会"）也见过面。"研究会"和"诗人作坊"针锋相对。曼德尔施塔姆很快就成了这个"诗人作坊"的首席小提琴手。那时他就写成了神秘莫测的（但又不太成功的）关于白雪上的黑色安琪儿一诗。娜佳说那是写给我的。

我觉得有关这个黑色安琪儿的情况相当复杂。这首诗对于当时的曼德尔施塔姆来说，是一篇质量不高又较晦涩的作品。这首诗好像从未发表。大概这是他与弗·卡·希列伊科谈论的结果，后者曾对我讲过类似的话。不过奥西普那时还"不会写献给妇女的和关于妇女的诗"（他的原话）。《黑色的安琪儿》可能是他初次试笔，因此它与我的诗句相近：

> 黑色安琪儿的翅膀锋利，
> 最后的宣判即将到来，

---

① 尼·伊·哈尔吉耶夫（1903—），苏联文学艺术理论家，著有《马雅可夫斯基的诗歌文化》等。

猩红的篝火如同玫瑰

在白色的雪地上绽开。

　　曼德尔施塔姆从来没有为我朗诵过这首诗。显然，他从和希
列伊科的谈话中受到鼓舞，写出了诗作《埃及人》。

　　古米廖夫很早而且很高地评价了曼德尔施塔姆，他们二人相
识于巴黎。请参阅奥西普关于古米廖夫的诗的结尾部分。诗中说
尼古拉·斯捷潘诺维奇脸上施了粉，头上戴着大礼帽：

我觉得彼得堡的阿克梅派诗人更亲近，

胜过巴黎的浪漫主义皮埃罗。

象征主义者从来没有接受他。

　　奥西普·埃米利耶维奇到过皇村。当他恋爱的时候——这类
事经常发生，我几次充当了他的心腹。我记得第一位是安娜·米
哈伊洛夫娜·泽尔曼诺娃-丘多夫斯卡娅，她是一位女画家，一
位标致的美人儿。她在阿列克谢耶夫街的住宅里给他画过一幅肖
像（1914 年），仰着头，背景是蓝色的。他没有给安娜·米哈伊
洛夫娜写过诗，为此他对我伤心地表示过内疚，说那时他还不会
写情诗。第二位是茨维塔耶娃，他的克里木组诗和莫斯科组诗都
是为她写的。第三位是萨洛美娅·安德罗尼科娃（安德烈耶娃，
现在是加利佩林，曼德尔施塔姆在《忧伤》诗集中使她永生——

"麦秸儿，当你不在宽敞的卧房睡觉时……"那里有一节诗："女人临终时自己能知道什么……"和我的诗句相比——"莫非我等待的不是死亡的时刻"。）我还记得萨洛美娅在瓦西里岛上公寓中的那间豪华卧室。

奥西普·埃米利耶维奇的确去过华沙，那里的犹太人居住区使他震惊（米·津克维奇也记得此事），至于格奥尔吉·伊万诺夫所报道的有关他企图自杀一事，甚至连娜佳也没有听说过，如同说她似乎生过一个女儿叫莉波奇卡一样。

革命初期（1920年），当我离群索居时，甚至跟他也没有见过面。有一段时间，他爱上了亚历山大剧院的女演员奥莉加·阿尔别宁娜，后来她嫁给了尤·尤尔昆。曼德尔施塔姆为她写过诗（"因为我把你的手……"，等等）。传说诗的手稿在围困年代遗失，可是我不久前在X. 那儿见过它。

多年以后，他把这几位革命前的太太（估计其中也包括我）统统称之为"温柔的欧罗巴女士"：

当年那几位美女，温柔的欧罗巴女士，
让我领受了多少困惑、苦恼与悲痛！

《在斯德哥尔摩寒冷的被窝里》这首出色的诗是献给奥莉加·瓦克塞尔和她的倩影的。《你愿意吗，我把毡靴脱掉》也是献给她的。

1933—1934 年间，奥西普·埃米利耶维奇在不长的一段时期里对玛丽娅·谢尔盖耶夫娜·彼得罗维赫[①]产生了狂热的单恋。《土耳其女人》这首诗（标题是我起的）就是献给她的，或者更确切地说，是为她而写的。《善于流露内疚的目光》依我所见，是 20 世纪 20 年代最好的爱情诗。玛丽娅·谢尔盖耶夫娜说，还有一首关于白色的绝妙的诗。手稿大概遗失了。有几行，玛丽娅·谢尔盖耶夫娜还能背诵。

我不必提醒这个唐璜式的名单，也无意历数曼德尔施塔姆亲近过的所有女人。

"隔着肩膀看了一眼"的贵妇人，即比亚卡（薇拉·阿尔图罗夫娜[②]），那时她是谢·尤·苏杰伊金的生活伴侣，如今是伊戈尔·斯特拉文斯基的夫人。

奥西普在沃罗涅日和娜塔莎·施滕佩利交了朋友。

关于他迷上了安娜·拉德洛娃[③]一事，毫无根据。

　　阿尔希斯特拉蒂格走向圣像壁……

　　沉沉的深夜里散发出缬草[④]的气息，

---

① 玛·谢·彼得罗维赫（1908—1979），俄罗斯抒情诗人、诗歌翻译家。

② 薇拉·阿尔图罗夫娜，室内剧女演员，后来随谢·尤·苏杰伊金出国。

③ 安·德·拉德洛娃（1891—1949），俄罗斯女诗人、翻译家。

④ 俄文"缬草"与丘多夫斯基的名字 Валерьям 同字。诗中暗喻丘多夫斯基，因为他十分倾慕拉德洛娃。

阿尔希斯特拉蒂格向我提出问题，

你要……辫子干什么，

还有你那酥软闪光的双臂……

也就是说，这是对拉德洛娃的诗的嘲讽——他出于取乐的恶作剧而非由于懊恼而写了这首诗。有一次做客时，他做出可怕的样子，对我悄悄耳语："阿尔希斯特拉蒂格的事传到了她的耳中!"也就是说，有人把这首诗告诉了拉德洛娃。

本世纪第一个十年是曼德尔施塔姆创作道路上最重要的时期，将来会有人更多地思考和论述这个时期（维永、恰达耶夫、天主教……）。关于他与"吉列伊"① 小组的接触——参看津克维奇回忆录。

曼德尔施塔姆十分热心于"作坊"聚会，可是1913—1914 年冬季（阿克梅主义遭到摧残之后），我们都逐渐感到"作坊"是个包袱，于是奥西普和我甚至联手写了一份申请书，要求封闭"作坊"，并把申请书交给了戈罗杰茨基和古米廖夫。戈罗杰茨基作了批示："把全体人员吊死，把阿赫玛托娃监禁于马拉亚街63 号。"这事发生在《北方札记》编辑部里。

除了写给奥·阿尔别宁娜的极美的诗之外，能够回忆起奥西普1920 年在彼得堡活动过的物件，还有当时的一些晚会广告。

---

① 俄国一个未来派小团体的名称。

这些广告保留着生气，但像拿破仑的旌旗一样，已经褪了颜色。广告上，曼德尔施塔姆的名字和古米廖夫、勃洛克排在一起。

彼得堡老字号店铺所有招牌仍然挂在原处，但招牌后边除了灰尘、黑暗与空荡之外，什么也没有了。斑疹伤寒，饥荒，一次次的枪决，住宅黑暗无灯光，湿漉漉的劈柴，人们浮肿得已无法相认。在商场的大院里可以大捧地采集野花。彼得堡著名的木桩马路已经腐烂不堪。从"克拉夫特"地下室的窗户里还飘来了巧克力的香味。所有公墓都遭到破坏。这座城市不仅仅变了样，而且已面目全非。但是，人们（主要是青年人）还是喜欢诗，几乎和现在（即1964年）一样。

皇村，那时改称"以乌里茨基同志为名的儿童城"，几乎家家户户饲养山羊；不知为什么把这些山羊都叫作塔马拉。

20世纪20年代的皇村令人无法想象。所有木栅栏都当柴火烧了。无盖的水道漏口上摆着生了锈的床，这些床是从第一次世界大战的病房里搬出来的。大街小巷杂草丛生，各种颜色的公鸡走来走去，叫个不停。施滕博克－费莫尔伯爵的楼房，不久前还富丽堂皇，如今它的正门上挂着一块醒目的大招牌："牲畜配种站"。但是，希罗卡亚街每到秋天，橡树的香味仍然浓浓的——这些橡树是我童年的见证人，教堂屋顶十字架上的乌鸦呱呱的叫声仍然像我上学经过教堂小花园时所听见的声音，公园里的雕像仍然是1910年代的样子。有时，我也能从衣服褴褛的可怕的人影上认出皇村"所有那石刻的圆规和弦琴……"——

我一生总觉得这是普希金指皇村而说的。还有更令人心惊胆战的话：

"我常常在迷人的夜晚，悄悄溜进别人家的花园……"——这是我读到或听到过的最有胆量的诗句（如果用"神圣的夜晚"也不错）。

写生画

关于《侧影》一诗，写作过程如下：1914 年 1 月，普罗宁为"丧家犬"举办了一个盛大的晚会，不是在自己家的地下室，而是在科纽申纳亚街的一间大厅里。平时的老主顾消失在众多的"外来客"（即对任何一种艺术都毫无兴趣的人）当中。天热，人多，熙熙攘攘，乱乱糟糟。这场面使我们终于感到厌烦，于是我们（大约 20—30 人）便到米哈伊洛夫广场的"丧家犬"酒馆去了。那儿又暗又冷。我站在表演台上跟某人说话。大厅里有几个人要求我朗诵。我没有改变姿势便朗诵了一首诗。奥西普走了过来，说："瞧您站立的姿态，听您朗诵的声音……"还提到了披肩（参见瓦·谢·斯列兹涅夫斯卡娅关于曼德尔施塔姆的回忆录），《相貌的特征变了形》的四句诗，就是这种写生之作。我和曼德尔施塔姆在皇村火车站（1910 年代）。他隔着小屋的玻璃看我打电话。当我出来时，他朗诵了这四句诗。

关于"诗人作坊"

从 1911 年 11 月到 1912 年 4 月（即我们去意大利），"诗人作坊"召开过大约十五次会议（每月三次）。从 1912 年 10 月到 1913 年 4 月，大约召开了十次会议（每月两次）。（《劳动与日常生活》颇有利可图，可惜没人管过它。）通知书由我（秘书?!）分发；洛津斯基为我开了一份"作坊"成员通讯录（1930 年代，我曾把这个通讯录给过日本人鸣海）。每份通知书上都有一个竖琴标记。这个竖琴也印在我的《黄昏》集、津克维奇的《野紫菜》和丽莎·尤里耶夫娜·库兹明娜-卡拉瓦耶娃的《西徐亚人的瓦片》上。

1911 — 1914 年的"诗人作坊"

古米廖夫和戈罗杰茨基是法人代表，库兹明-卡拉瓦耶夫是诉讼代理人，安娜·阿赫玛托娃是秘书；成员有奥西普·曼德尔施塔姆、弗拉季米尔·纳尔布特、米·津克维奇、尼·布鲁尼、格奥尔吉·伊万诺夫、阿达莫维奇、吉皮乌斯、玛·莫拉夫斯卡娅、丽莎·库兹明娜-卡拉瓦耶娃、切尔尼亚夫斯基、米·洛津斯基。第一次会议是在喷泉街戈罗杰茨基家中举行的，出席的还有勃洛克，还有几位法国人！……第二次——是在马涅日广场丽莎家中举行的，后来在皇村我们的家里（马拉亚街 63 号）、在瓦西里岛上洛津斯基家里、在美术学院布鲁尼处都举行过。阿克梅主义的名称是在皇村（马拉亚街 63 号）我们家里定下来的。

二

革命来临时，曼德尔施塔姆已经是相当成熟的诗人了，而且在小圈子里已颇有名气。（他的心里充满了周围发生的一切。）

曼德尔施塔姆是第一批以公民题材写诗的人当中的一位。革命对于他来说是件大事，所以他的诗中常常出现"人民"二字并非偶然。

1917 年至 1918 年间，我和曼德尔施塔姆见面尤为频繁。那时我住在维堡区斯列兹涅夫斯基家中（鲍特金街 9 号）——不是在疯人院里，而是在高级医师维亚切斯拉夫·维亚切斯拉沃维奇·斯列兹涅夫斯基的家中，他是我的女友瓦列里娅·谢尔盖耶夫娜的丈夫。

曼德尔施塔姆经常来找我。在那充满革命气息的冬天，我们俩坐在马车里，颠簸在坑坑洼洼的街道上，穿行在名扬天下的篝火之间——这堆堆篝火几乎一直燃烧到 5 月，谛听不知来自何方的"嗒嗒"枪声。我们就是这样前往美术学院参加那里为伤员们举行的各种募捐晚会，我们俩都在晚会上几次参加朗诵。奥西普·埃米利耶维奇也陪着我到音乐学院欣赏过布托莫-

纳兹瓦诺娃演唱舒伯特作品的音乐会（参见《他们为我们演唱舒伯特》）。

他献给我的诗都写于这个时期：《我在繁花似锦的瞬间没有寻找》（1917 年 12 月），《你那可爱的发音》。一种奇怪的预言也与我有关，现在已多多少少变成了现实：

> 将来有一天，在那时喜时怒的首都，
> 在涅瓦河畔狂欢的时刻，
> 有人会在烦人的舞会的乐声中
> 从美丽的头上扯下你的头巾……

下边还有：

> 蚂蚱像钟表在叫（这是我们在烧火炉；我发烧——
> 我在测量体温）
> 得了疟疾
> 干燥在炉子嘶嘶作响
> 如同红色的丝绸在燃烧……

此外，不同时期还有四首四行诗是献给我的：

1. 《您想当个玩具》（1911 年）。
2. 《相貌的特征扭曲了》（1910 年代）。

3.《蜜蜂习惯于养蜂人》（1930 年代）。

4.《我们相识已到了暮年》（1930 年代）。

经过一番犹豫，我还是决定在这些札记中回忆一下当时的情况。当时我不得不对奥西普说明，我们不能这样经常见面，这样下去可能会给人们提供一些资料，对我们的关系作歪曲解释。

在这之后，大约在 3 月里，曼德尔施塔姆消失了。〔当时周围的一切都乱哄哄、模糊不清。这个人消失了，一去无踪；那个人不知为什么暂时不见了，大家觉得他们去了外地——当然，不是这话的现在意义，其实也没有中心地区（据洛津斯基观察），所以奥西普·埃米利耶维奇的消失并没有使我感到奇怪。奥西普·曼德尔施塔姆在扎恰吉耶夫三道街。〕

曼德尔施塔姆在莫斯科当了《劳动旗帜报》的固定工作人员。大概就在这个时期，他写成了《电话》这首神秘莫测的诗：

在这个荒蛮可怕的人世，
你是子夜葬礼的亲朋，
导致自杀者的家伙——
你摆在高大严肃的办公厅！

沥青路上黑色的水洼，
是铁蹄愤愤践踏的残景，
太阳快要升起来了：

昏头昏脑的公鸡即将啼鸣。

那儿有笨拙的瓦尔加拉，
还有富丽堂皇的古老的梦；
电话响起的时刻，
命运下了指示，黑夜做了决定。

沉重的帏帘吸干了全部空气，
戏剧广场黑黑漆漆，
一声铃响——天旋地转：
自杀已经成了定局。

离开这喧闹的冷酷的生活，
还能逃往何方？
住嘴，该死的匣子！
对不起，海底鲜花怒放！

只有声音，像鸟一般的声音，
向富丽堂皇的梦乡飞翔。
电话，你是自杀的解脱，
你是自杀的闪光！

1918 年 6 月　莫斯科

1918 年，我在莫斯科又见到了曼德尔施塔姆，只是匆匆一面。1920 年，他到谢尔吉耶夫街（在彼得堡）来看过我一两次。当时我在农业学院图书馆工作，并住在学校里。（学校原是沃尔孔斯基亲王的公馆。那儿有我的一处"公房"。）那时我才知道他在克里木被白军逮捕过，在梯弗里斯又被孟什维克逮捕过。

　　1920 年，奥西普·埃米利耶维奇来到谢尔吉耶夫街 7 号家中，以便告诉我 1919 年 12 月尼·弗·涅多勃罗沃在雅尔塔逝世的消息。他是在科克捷别里镇从沃洛申那里得知这一噩耗的。以后再也没有人把任何细节告诉我。那个时代就是如此！

　　1924 年夏，奥西普·曼德尔施塔姆把自己年轻的妻子带到我家来（喷泉街 2 号）。娜佳正像法国人常说的，是位不美但迷人的女人。从那一天起我和她就成了朋友，一直延续到今天。

　　奥西普非常爱娜佳，爱到简直不可思议的程度。娜佳在基辅切除阑尾时，他从没有离开医院，一直住在医院门卫的小屋里。他一步也不让娜佳离开他，不让她工作，对她嫉妒得要死，写诗时每个字都征求她的意见。总之，我生平从没见过类似的情况。保存下来的曼德尔施塔姆写给妻子的书信，完全证实了我的印象。

　　1925 年在皇村时，我和曼德尔施塔姆夫妇住在扎伊采夫寄宿中学宿舍的同一条走廊里。娜佳和我都患有重病，卧床不起，测量体温一直偏高，我们好像一次也没有到附近的公园里去散过步。奥西普·埃米利耶维奇天天去列宁格勒，试图找个工作，弄点儿收入。他在那儿偷偷地为我背诵了写给奥·瓦克塞尔的诗，我记住了，也偷偷地写了下来（"你愿意吗，我把毡靴脱掉……"）他在那儿还向帕·尼·卢克尼茨基口述了回忆古米廖夫的文章。

有一年冬天，曼德尔施塔姆夫妇（因为娜佳的健康情况）住在皇村中学。我去看过他们几次——同时去滑雪。他们本想住在大宫殿的半圆形大厅里，可是那间屋子里炉子倒烟，屋顶漏水，于是就想到了皇村中学。奥西普不喜欢住在那里。他对皇村的几位以普希金的名字欺世盗名的所谓名士，如戈列巴尔赫和罗日杰斯特文斯基恨之入骨。

曼德尔施塔姆对普希金怀有一种前所未有的、近乎威严的敬意——在这崇敬之中，我隐约感觉到一种超乎人类的圣洁的最高成就。他厌恶任何一种普希金主义。至于普希金是"黑色担架上抬着昨日的太阳"这一句诗，我也好，娜佳也罢，对此一无所知，到了近年（1950 年代），才从他的手稿中发现。

他亲自从我桌子上拿走了我撰写的《最后的故事》，即论述《金公鸡》一文，读过以后，他说："简直是一盘棋。"

亚历山大太阳光芒四射
一百年前就照亮了所有的人

1917 年 12 月

这里指的当然也是普希金。（他是这样转述了我的话。）

（一般来说，没有"曼德尔施塔姆在皇村"这一题材，也不应该有。这个主题不属于他。）

夏天，曼德尔施塔姆夫妇住在中国村①时，我也去看望过他们。那时他们和利夫希茨夫妇住在一起。房间里没有任何家具，腐朽的地板露出一个个窟窿。至于当年茹科夫斯基和卡拉姆津曾在该处住过一事，奥西普·埃米利耶维奇对此毫无兴趣。他邀我和他一起去买香烟或是白糖，我深信他是有意地说"咱们到本市欧洲部分去吧"，似乎这儿是巴赫奇萨赖②或是其他同样异域风光的地方。他这种故意的马虎也表现在诗句中，如"枪骑兵在那边微笑"。皇村有史以来不曾有过枪骑兵，有的是骠骑兵、黄色的胸甲骑兵和护卫队。

1928 年曼德尔施塔姆夫妇去过克里木。请看奥西普 8 月 25 日的信（那一天是尼·斯·古米廖夫逝世的日子）：

> 亲爱的安娜·安德烈耶夫娜：
> 我们和帕·尼·卢克尼茨基在雅尔塔一起给您写信，我们三个人在这里都过着艰苦的劳动生活。
> 我想回家，想见到您。您要知道，我有一种本领，

---

① "中国村"是皇村建筑群的一部分。
② 位于克里木半岛上的一个古国的城市。

能在想象中进行交谈。不过只能和两个人，即尼古拉·斯捷潘诺维奇和您。我和科利亚的交谈没有中断过，永远也不会中断。

10月份我们回到彼得堡小住一段时间。禁止娜佳在那里过冬。出于利己的考虑，我们说服了帕·尼·卢克尼茨基，让他留在雅尔塔。请给我们来信。

您的奥·曼德尔施塔姆

对他来说，南方和大海如同娜佳一样，为他所需要。

> 再让我享受一点点蓝海吧，
> 只有耳眼那么小一点也行……

他几次想在列宁格勒找个工作，都落空了。娜佳不喜欢与这座城市有关的一切。她向往莫斯科，那里有她心爱的弟弟叶甫盖尼·雅科夫列维奇·哈津。奥西普总以为莫斯科有人了解他、器重他，其实恰恰相反。这段历史中有个细节，听来让我吃惊：当时（1933年）列宁格勒曾把奥西普·埃米利耶维奇当作伟大诗人、受欢迎的人[1]来欢迎，列宁格勒文学界的全班人马（特尼亚诺夫、艾兴包姆、古科夫斯基，等等），到欧罗巴旅馆去向他表

---

① 原文为拉丁文。

示敬意。他的光临，为他举行的晚会——都被看作是大事。多年以来大家都是如此地回忆这些事，直到现在（1962 年），仍然如此。

然而在莫斯科，谁也不想了解曼德尔施塔姆，除了两三个自然科学界的无名小辈，奥西普·埃米利耶维奇与任何人都没有交往（他与别雷的相识始于科克捷别里）。帕斯捷尔纳克总是支支吾吾回避跟他见面。帕斯捷尔纳克只喜欢格鲁吉亚人和他们的"漂亮夫人们"。作协领导的态度暧昧得令人生疑。

列宁格勒的文学界对曼德尔施塔姆一直保持着忠诚——利季娅·雅科夫列维夫娜·金茨堡和鲍里斯·雅科夫列维奇·布赫什塔布——这些通晓曼德尔施塔姆诗歌的大家。这个关怀中还不应该忘记采扎里·沃尔佩。他不顾新闻检察机关的禁止，在《星》杂志上发表了《亚美尼亚旅游记》的结尾部分（仿古亚美尼亚文体）。

同时代作家中，曼德尔施塔姆非常器重巴别尔[①]和左琴科。左琴科知道这一点，并为此感到自豪。不知为什么曼德尔施塔姆看不起列昂诺夫[②]。

有人说尼·楚科夫斯基写了一部长篇小说。奥西普对此持怀

---

① 伊·埃·巴别尔（1894—1940），俄罗斯作家，代表作有小说集《红色骑兵军》。

② 列·马·列昂诺夫（1899—1994），俄罗斯作家，著有《贼》《俄罗斯森林》等。

疑态度。他说，要想写长篇小说，至少需要经历陀思妥耶夫斯基的苦刑或享有列夫·托尔斯泰的几俄亩土地。〔1930 年代，曼德尔施塔姆在某一家杂志编辑部遇见了费定①，对他说："您的长篇小说（指《盗窃欧洲》）是穿着胶皮鞋底的荷兰咖啡，而胶皮是苏联的。"〕

1933 年秋，曼德尔施塔姆终于在纳肖金胡同得到一个住所（他在诗中赞美过的）（两间屋子，在五层楼上，没有电梯；那时还没有煤气灶和浴盆）（"住宅像纸一般静……"）。无家可归的生活似乎从此可以结束了。奥西普在这个家里开始有藏书了，主要是些意大利诗人的古老版本著作（但丁、彼特拉克）。其实，什么也没有结束：三番五次地往某处打电话，等待、期望。结果一件事也办不成，时时如此。奥西普·埃米利耶维奇反对译诗。在纳肖金住宅，他当着我的面，对帕斯捷尔纳克说："您的全集将由十二部译作和一部您自己的诗作组成。"曼德尔施塔姆知道翻译过程会浪费创作能量，所以强迫他从事翻译难上加难。他周围聚集了许多人，往往是些莫名其妙的人，几乎又都是无用之徒。

虽然那个时期生活比较简陋，可是不祥的阴影和灭顶之灾仍然笼罩着这个家。有一天，我们走在普列奇斯坚卡亚街上（1934年 2 月），谈论的内容记不得了，到了果戈理林荫路时我们拐了

----

① 康·亚·费定（1892—1977），俄罗斯作家。《盗窃欧洲》叙述荷兰林业大王的家世及其到苏联做木材生意的经历。

弯，奥西普说："我已做好死的准备。"二十八年过去了，每当我经过那个地方就会想起那一瞬间。

我很久没有见到奥西普和娜佳了。1933 年曼德尔施塔姆夫妇受某人的邀请来到了列宁格勒。他们下榻于欧罗巴旅馆。奥西普出席了两个晚会。他刚刚学会意大利文，满脑子但丁，整页整页地背诵。我们谈起《炼狱》来。我背诵了第三十歌里的一段（贝娅特丽齐出现的场面）：

> 一位贵妇人，蒙着雪白的轻纱，
> 身穿猩红色长裙，披着绿坎肩，
> 头戴一顶橄榄叶编的花冠。
> ⋯⋯⋯⋯⋯
> ⋯⋯"我的血液中浸透了
> 难以言表的战栗：
> 我认出了那是往昔火炼的痕迹！"[①]（我是凭记忆在

引证。）

奥西普哭了，我吓了一跳："怎么啦?""不，没什么，是这些话和您的嗓音。"这事不该由我回忆。如果娜佳愿意的话，让她回忆好了。

_____

① 原文为意大利文。

奥西普为我背诵尼古拉·阿列克谢耶维奇·克柳耶夫①的诗《诽谤艺术的人》的片段，正是这首诗断送了不幸的克柳耶夫的性命。我在瓦尔瓦拉·克雷奇科娃那儿亲眼见过克柳耶夫的申请（写于集中营，请求赦免）："我是因《诽谤艺术的人》一诗和我草稿中的精神错乱的句子而被判决有罪的人……"我摘了两行诗作为《硬币的背面》一诗的题词。

有一次我用不赞许的口吻提到叶赛宁的某件事时，奥西普反驳说，就凭叶赛宁的"没有在各个监狱里屠杀不幸的人"这一句诗，就可以原谅他的一切。

总之，生活没有着落——靠点儿翻译，靠点儿评论文章，还得靠点儿允诺维持生计。退休金勉勉强强只够支付房租和购买口粮。曼德尔施塔姆这时外表变化极大：他变得不爱动了，头发长了白丝，呼吸开始吃力，他给人的印象是个小老头（那时他才四十二岁），不过他的两只眼睛仍然炯炯有神。诗——越写越好，散文也是如此。

前几天重读《时代的喧嚣》（从 1928 年以来，我就再没有翻开过这本书），我有了个意外的发现。作者除了在诗方面所达到的崇高的和首创的一切之外，居然还成了记述彼得堡地方风俗的最后一人——写得准确、鲜明，不偏不倚，绝无仅有。那些几乎已经被遗忘的和多次遭到辱骂的街道，重又呈现出全部清新。有

---

① 尼·阿·克柳耶夫（1884—1937），俄罗斯诗人。

人会对我说，他是在革命刚刚过了五年之后，即 1923 年写的，说他长期不在此地，而不在此地正是医治遗忘症的灵丹妙药（以后再解释），永远遗忘的最好办法便是天天耳濡目染（我正是因此而忘记了自己居住长达三十五年之久的喷泉楼）。还有该市的剧院，还有科米萨尔热夫斯卡娅，他没有用最后的形容词说她是现代艺术的女皇；还有萨温娜①——自"外商市场"以后她变成懒倦的夫人；还有伴随了我一生的巴甫洛夫斯克火车站的气味；还有，通过五岁孩子亮晶晶的眼睛，看到战时首都的全部美丽；还有，面对头戴帽子的人（餐桌前）所流露出来的犹太人混浊的感受和困惑……

有时，这种散文听起来，如同为诗做的注释，但曼德尔施塔姆在任何地方也不提自己是诗人，如果不知道他的诗，你甚至想象不到这是诗人写的散文。他在《时代的喧嚣》中所写的一切，早就深深地埋在他心底——他从未讲述过，他对"艺术世界"派那种留恋老的（和不老的）彼得堡，颇感厌恶。

除此之外，喀山大教堂前举行的政治游行示威的细节描写很有趣味，说明他对这些事件是非常关心的，并令人想起是奥西普本人通知把它载入《苏联现代的作家们》一书中。

这种散文闻所未闻，已经被遗忘，只是到现在才开始为读者所领悟。但是我无时无刻不听到它，主要是从青年人的口中。这

---

① 玛·加·萨温娜（1854—1915），以演果戈理、奥斯特洛夫斯基的剧作而驰名。

种散文使青年们发疯，在整个 20 世纪不曾有过这般的散文（这就是所谓"第四种散文"）。

我清清楚楚记得我们进行的一次有关诗的谈话。奥西普·曼德尔施塔姆非常痛苦地经受现在称之为个人迷信的现象，他对我说："现在的诗，应该富有公民感"，接着便背诵了"我们脚下感觉不到……"大约就在那个时候产生了"词汇相识论"①。多年以后，他强调：诗只能在受到强烈震动之后才写，这种震动既有欢乐的，也有悲惨的。关于自己写的吹捧斯大林的诗——《我想说，不是斯大林——朱加什维里》（1935 年），他对我说："我现在明白了，当时那是一种病。"

当我为奥西普背诵了我的诗《拂晓时他们把你带走》（1935 年）之后，他说："感谢您。"这首诗在《安魂曲》之中，是写尼·尼·普宁②1935 年被捕。

曼德尔施塔姆也认为《略谈地理》一诗（"不是欧洲的首都……"）中的最后两句指的是自己（这是公允的）：

他被我们、被有罪的人
颂扬为首屈一指的诗家。

----

① 这种理论主张把过去从不连在一起的字连起来，使词汇与词汇相识。
② 尼·尼·普宁（1888—1953），俄罗斯艺术史学家，阿赫玛托娃的第三位伴侣。

1934 年 5 月 13 日他被捕。同一天，我接到的电报如同冰雹那么多，电话铃也响个不停，之后我便从列宁格勒赶到曼德尔施塔姆的家。（不久前他在列宁格勒和托尔斯泰爆发了一场冲突。）那时我们很穷，为了买张回程的火车票，我随身带去了"猴宫勋章"①，那是俄国发给列米佐夫的最后一枚勋章（1921 年列米佐夫逃亡后，别人转交给我的），还有丹柯②烧制的一个小瓷人（我的立像，1924 年）以便出售。（苏·托尔斯泰娅为作家协会买下了这两件东西。）

逮捕证是亚戈达③亲手签署的，搜查进行了整整一夜。他们在找诗，他们的脚踩在从小箱子里扔出来的手稿上。我们几个人坐在一间屋子里。鸦雀无声。隔壁，基尔尚诺夫家，有人在弹奏哈瓦那吉他。侦察员当着我的面找到了《狼》④，拿给奥西普·曼德尔施塔姆看。他默默点了点头。临别时，他吻了我，早晨 7 点钟他被带走了。天已大亮。娜佳去找她弟弟，我去找丘尔科夫，他住在斯摩棱斯克林荫路 8 号，我们约好在某处碰头。后来一起回到家中，打扫房间，坐下来吃早点。又有人敲门，又开始搜查。叶甫盖尼·雅科夫列维奇·哈津说："如果他们再

① 列米佐夫曾组织取乐的"猴宫"团体，凡是参加该组织活动的人，都会得到他亲手绘制的奖状和"勋章"，即"猴宫勋章"。
② 纳·雅·丹柯（1892—1942），俄罗斯女雕刻家。
③ 亨·格·亚戈达，1934—1936 年任苏联内务部人民委员。
④ 指曼德尔施塔姆的《狼的组诗》（1932）。据苏联有关刊物介绍，那次搜查实际上找的是他 1933 年 11 月写的一首反斯大林个人崇拜的诗。

来，就会把您也给带走。"那一天，我去找过帕斯捷尔纳克，他到《消息报》去找布哈林[1]为曼德尔施塔姆求情。我到克里姆林宫去找叶努基泽[2]。那时能进克里姆林宫可算是奇迹。那次是瓦赫坦戈夫剧院演员鲁斯拉诺夫通过叶努基泽的秘书安排的。叶努基泽相当客气，但马上问道："也许是有某些诗?"我们的活动促进了、大概也减轻了对他的判决。判处三年徒刑，服役地点是切尔登。奥西普在那里从医院窗户跳了出去，他觉得有人来抓他（参阅《斯但司》，第四节），摔断了胳膊。娜佳给中央委员会拍了一封电报。斯大林下令重审此案，并让人另选一个服刑地点。然后他又跟帕斯捷尔纳克通了电话。[3] 再以后的事，大家太清楚了。

我和帕斯捷尔纳克一起去看望过乌西耶维奇[4]，在那里遇见了作协的领导们，还有不少当时的马克思主义青年。我去找过皮利尼亚克，在他家见到了巴尔特鲁莎伊蒂斯[5]、施佩特和谢·普

---

① 尼·伊·布哈林，1934 年任苏联《消息报》主编。

② 阿·萨·叶努基泽，1934 年任苏联中央执委会秘书。

③ 关于这次电话的传说很多。曼德尔施塔姆的遗孀娜佳和帕斯捷尔纳克的遗孀季娜都写过文章，法国作家阿拉贡的夫人特里奥莱撰文（当然是在纪念帕斯捷尔纳克的日子里）说是帕斯捷尔纳克害死了奥西普。阿赫玛托娃和娜佳都认为，帕斯捷尔纳克的表现无可置疑。——原注

④ 叶·费·乌西耶维奇（1893—1968），俄罗斯女评论家。

⑤ 尤·巴尔特鲁莎伊蒂斯（1873—1944），立陶宛诗人，1921—1939 年任立陶宛驻苏联全权代表。1939 年迁居巴黎。

罗科菲耶夫①。男人当中来看望娜佳的只有佩列茨·马尔基什②。

而在同一时期，"诗人作坊"前代表谢尔盖·戈罗杰茨基在某处演讲，说了以下一句不朽的名言："这几行诗就是那个已投靠反革命的阿赫玛托娃写的。"发表这次集会报道的《文学报》甚至也把演说人的原话软化了（见《文学报》，1934 年 5 月）。

布哈林在致斯大林的信的结尾写道："帕斯捷尔纳克也在焦虑。"斯大林通知说，已传达了命令，曼德尔施塔姆一切都会正常。他问帕斯捷尔纳克，为什么不为曼德尔施塔姆奔走。"如果我的诗友遭到不幸，我会不惜翻山倒海，也要拯救他。"帕斯捷尔纳克回答说，如果他不奔走，那么斯大林就不会知道这件事。"为什么您不找我或找作家组织？""作家组织从 1927 年以来已经不管这类事了。""然而，他是您的朋友吧？"帕斯捷尔纳克支支吾吾。经过短时的停顿，斯大林继续问道："他是大师吧？是大师吧？"帕斯捷尔纳克回答说："这无济于事。"鲍里斯·列昂尼多维奇以为斯大林在考察他，看他是否知道诗的事。他用这个原因解释自己为何回答得不干脆。

"为什么我们总是谈曼德尔施塔姆、曼德尔施塔姆，我很久以前就想跟您谈一谈了。""谈什么？""谈谈生与死。"斯大林挂了电话。

---

① 谢·普罗科菲耶夫（1891—1953），俄罗斯作曲家。
② 佩列茨·马尔基什（1895—1952），犹太人作家，因被人诬告与国外有联系而被判处死刑。阿赫玛托娃后来与他身为翻译家的儿子保持联系。

据罗伯特·培因①记述，娜佳从未找过鲍里斯·列昂尼多维奇，没有求他办过任何事。

这个消息来自季娜，她讲过一句著名的不朽的话："我的孩子们（指儿子们）最爱的是斯大林，其次是妈妈。"那天，女性来的较多。我记得她们长相标致，衣着华丽，穿着鲜艳的春装。其中有希玛·纳尔布特，她当时还没有尝到灾难的滋味；津克维奇的妻子，美丽的"土耳其女俘"（我们给她起的绰号）；眼睛明亮、身材匀称，而且非常镇静的尼娜·奥利舍夫斯卡娅。可是我和娜佳坐在那儿，身上是揉皱的毛线衣，脸色焦黄，神情发呆。和我们在一起的还有艾玛·格尔施泰因和娜佳的弟弟。

过了十五天，清早，有人给娜佳打来电话，告诉她如果愿意跟丈夫同行，那么傍晚可到喀山火车站去等候。一切都结束了。尼娜·奥利舍夫斯卡娅和我为他们的远行到处筹款，大家捐献了很多钱。叶连娜·谢尔盖耶夫娜·布尔加科娃哭了，她把自己小钱包里的全部所有都塞到我手中。

我陪娜佳去了火车站。顺路到鲁比扬卡领取了各种证件。天气明媚清朗。每扇窗户上都有蓄着螳螂大胡须的"节日主人"，瞪眼瞧着我们。他们久久不把奥西普带来。他的状态极坏，连他们也无法让他坐进囚车。我乘的火车（从列宁格勒火车站②发车）

---

① 罗伯特·培因，美国人，文学史家。
② 莫斯科有许多火车站，都是以列车开往的地点命名的。

就要开动了，我没能等到他的到来。叶甫盖尼·雅科夫列维奇·哈津和亚历山大·埃米利耶维奇·曼德尔施塔姆送我上了火车，等到他们回去之后，奥西普才被带来，但禁止跟他们谈话。我没有等到和他见一面，这事做得很不妥。他没有见到我，因此他在切尔登时便以为我一定已经丧命。押送他们的是"从格勃乌①铁门中走出来的可爱的小伙子们"②，他们一路都在阅读普希金的作品。

当时正在筹备召开作家第一届代表大会（1934 年），给我也寄来了登记表。奥西普被捕一事在我心中留下的印象极坏，以至于我无法拿起笔来填写这张表格。布哈林在这次代表大会上宣布帕斯捷尔纳克是一号诗人（使杰米扬·别德奈大吃一惊）。布哈林把我臭骂了一顿，大概一句话也没有提奥西普。

1936 年 2 月，我到沃罗涅日去看望曼德尔施塔姆夫妇，这才了解到他的"案件"的全部详情。他告诉我，当他精神失常时，便在切尔登四处乱窜，到处寻找被处决的我的尸体，逢人就大喊大叫地讲述这件事。为庆祝切柳斯金号③船员们归来而搭起的凯旋门，他以为是为他的来临而搭的。

帕斯捷尔纳克和我分别去见在任的最高检察长，为曼德尔施

① 即"格勃乌"国家政治保安局，是"克格勃"的前身。

② 这句话引自曼德尔施塔姆的诗。

③ 1934 年，切柳斯金号轮船在楚科奇海被浮冰撞碎，船员被苏联飞行员救出。这些飞行员是"苏联英雄"称号的第一批获得者。

塔姆求情，但，恐怖已经开始，一切活动都已无济于事。

令人奇怪的是，恰恰是在沃罗涅日，当曼德尔施塔姆完全失去自由时，他的诗中反而出现了宽度、广度和深沉的呼吸。

窒息之后，我的声音里

传出了大地的声音— -这最后的武器……

从曼德尔施塔姆夫妇那儿回来以后，我写了一首题为《沃罗涅日》的诗。它的结尾是：

恐惧和缪斯轮流

在失宠的诗人家中值日，

夜来了

何时黎明它不知。

奥西普提及自己在沃罗涅日时说："按本质我是个听命的人。因此，我在此地感到尤为困难。"

20年代初（1923年），曼德尔施塔姆两次在杂志（《俄罗斯艺术》第1和第2—3期）上猛烈地抨击我的诗。这事我们从来没有谈过。但是他赞美我的诗的事，也没有提过，现在我才读到了〔见《缪斯选集》（1916年）上的评论文章和《关于俄罗斯诗的一封信》，1922年，哈尔科夫①〕。

在那里（沃罗涅日），有人多少是别有用心地让他做一次关于阿克梅主义的报告。他在1937年说的话不应当被忘记："我既不弃绝活人，也不弃绝死者。"在回答什么是阿克梅主义这一问题时，曼德尔施塔姆说："思念世界文化。"

在沃罗涅日时，曼德尔施塔姆身边的人中有一个名叫谢尔盖·鲍里索维奇·鲁达科夫②，遗憾的是，这个人完全不像我们想象的那么好。显然，他患有某种夸大狂症，他总觉得诗不是奥西普而是他——鲁达科夫——写的。鲁达科夫已在战场上阵亡，因此不想详细描写他在沃罗涅日的品德了。但，凡是来自他的消息，都应倍加小心对待。

三

格奥尔吉·伊万诺夫在他撰写的那本趣味低下的回忆录《彼得堡之冬》中，凡是有关曼德尔施塔姆的陈述无不卑微、空泛、不得要领。伊万诺夫于1920年代初离开了俄国，所以他根本不了解成熟时期的曼德尔施塔姆。编造这一类回忆录不用费脑子，不

---

① 据俄罗斯学者考证，此处阿赫玛托娃记错了，不是哈尔科夫市出版的，而是顿河上的罗斯托夫市出版的。

② 鲁达科夫是一位年轻的语言学家和诗人，也被流放到沃罗涅日。阿赫玛托娃与他相识，还写过一首诗献给他。

需要记忆，不需要用心，不需要爱，也不需要时代感。什么材料都可以用，而且要求不高的读者还会怀着感激的心情接收书中提供的一切。当这类文章偶尔渗入严肃的文学史著作中时，情况就更糟了。列昂尼德·沙茨基-斯特拉霍夫斯基就是这样对待曼德尔施塔姆的：作者手边有两三本相当"耸人听闻"的回忆录（格·伊万诺夫的《彼得堡之冬》、贝内迪克特·利夫希茨的《一只半眼睛的射手》、爱伦堡的《俄罗斯诗人群像》）。这几本书都被他派上用场了。资料部分摘自库兹明很久以前编的《当代作家》手册（莫斯科，1928年）。其次，他从曼德尔施塔姆的《诗集》（1928年）中引用了《火车站上的音乐》（准确地说，应当是《火车站上的演奏会》），这首诗从时间上来看，在这本集子里也不是最后一篇，可是他却把它宣布为诗人的绝笔。诗人逝世的年份也是随意定的——1945年（比真正的死期——1938年12月27日——晚了七年）。至于有的报刊发表过曼德尔施塔姆的诗——比方说《新世界》杂志1930年发表了一组相当精彩的诗《亚美尼亚》，沙茨基对此毫无兴趣。他大放厥词，说曼德尔施塔姆写到《火车站上的音乐》一诗便结束了，他不再是诗人了，他变成可怜巴巴的翻译匠了，他堕落了，他整天泡在廉价的小酒馆里，等等。这大概已经是巴黎的某位格奥尔吉·伊万诺夫的口头信息了。

本来是一位才华罕见的诗人的悲惨形象，他甚至在沃罗涅日流放年代仍然继续写作具有非凡之美之力的作品，可是某些传记作者让我们看到的竟是一个"城市里的疯子"、无赖、不可救药的家伙。而且还把这一切都刊印在自诩为美国最好、最老的大学（哈佛）出版的书中，对此我们只好向这个最好、最老的美国大学表示祝贺了。

他是一个怪物？——当然是个怪物！比方说，他把一个青年诗人轰出家门，因为那个小青年向他诉苦说没人发表他的诗。垂头丧气的青年下楼的时候，奥西普站在楼上的平台上对他喊道："有谁发表过安德烈·舍尼埃①的作品？有谁发表过萨福②的作品？有谁发表过耶稣基督的作品？"

谢·利普金③和阿·塔尔科夫斯基④至今还津津乐道曼德尔施塔姆用什么词儿大骂过他们少年时代写的诗。

阿图尔·谢尔盖耶维奇·卢里耶⑤很熟悉曼德尔施塔姆，写过关于奥西普·曼德尔施塔姆对待音乐的上乘文章。他对我讲过这么一件事（20世纪10年代），有一天他和曼德尔施塔姆一起走在涅瓦大街上，他们遇见一位非常高雅的妇人。奥西普机智地向同行人建议："咱们把她的东西都抢下来，然后送给安娜·安德烈耶夫娜。"（为了准确，可向卢里耶核实。）

······

---

① 安·舍尼埃（1762—1794），法国诗人、评论家。
② 萨福（公元前610—前580），古希腊女诗人。
③ 谢·伊·利普金（1911—?），俄罗斯诗人、翻译家。
④ 阿·亚·塔尔科夫斯基（1907—1989），俄罗斯诗人、翻译家。
⑤ 阿·谢·卢里耶（1892—1967），作曲家和音乐史家，阿赫玛托娃的朋友，死于美国。

他极不喜欢青年妇女爱读《念珠》集。据说，有一次他来到卡达耶夫家中，和漂亮的家庭主妇谈得很融洽。最后，他想验证一下这位夫人的兴趣，便问道："您喜欢阿赫玛托娃吗?"那位太太自然地回答说："我没有读过她的作品。"这一下子可把客人气炸了，他撒了一阵野，然后气呼呼地跑了。这事他没有对我讲过。

1933—1934年之交的冬天，我住在曼德尔施塔姆夫妇家里，纳肖金胡同。1934年2月，布尔加科夫夫妇请我晚上到他们家去。奥西普不安起来："他们想让你和莫斯科文学界接近?!"我原意想安慰他，却讲了一句不得体的话："不，布尔加科夫本人就已被人所抛弃。大概莫斯科艺术剧院会有人参加聚会。"奥西普更火了。他在室内一边跑来跑去，一边大叫大喊："怎样才能让阿赫玛托娃和莫斯科艺术剧院断绝来往呢?"

有一天，娜佳拖着奥西普到火车站去迎接我。他起得早，冻坏了，情绪沮丧。当我从车厢里出来时，他对我说："您是以安娜·卡列尼娜的速度光临的。"

我在他们家中住的那间小屋子（后来改成厨房）奥西普把它称作"神庙"。他把自己的房间称之为"腕骨"室（因为皮亚斯特①住在前边的一间）。他把娜佳叫作"妈妈纳斯"（我们的妈妈）。

---

① 这是俄文文字游戏。俄文"皮亚斯特"有"手骨"的意思。而"扎皮亚斯特"应为"手骨后边"的意思，即"腕骨"。

为什么某些类型的回忆录作者（如沙茨基-斯特拉霍夫斯基、埃·明德林、谢·马科夫斯基、格·伊万诺夫、贝·利夫希茨），能够那么无微不至地、如获至宝地搜罗和保存五花八门的流言蜚语、胡说八道，特别是对诗人所表现出来的庸俗见解，却不能在一个诗人出现这种无与伦比的了不起的大事面前低头致敬呢？而这个诗人出手不凡，头几首诗就以其完美性和无人为师的特征令人折服。

曼德尔施塔姆没有师承。这是值得人们思考的。世界诗坛上我还没见过类似事实。我们知道普希金和勃洛克的诗歌源头，可是谁能指出这新的神奇的和谐是从何处传到我们耳际的？这种和谐就是奥西普·曼德尔施塔姆的诗！

四

1937 年 5 月，曼德尔施塔姆夫妇又回到纳肖金胡同"自己的家"中。那时我在阿尔多夫家中做客，和他们同住在一栋楼里。奥西普已是个病人了，经常躺着。他把自己新写的诗读给我听，但不让任何人抄写。他谈了很多有关娜塔莎·施滕佩利的事，这是他在沃罗涅日交的朋友。（有两首诗是写给她的：《嫩芽含有黏性诅咒的味道》和《不由得匍匐在空空的大地上》）

恐怖在周围已经猖獗一年了，一天比一天凶。曼德尔施塔姆本来有两间房子，可是有一间已被另一个人占用，那个人编造假材料告发他们，弄得他们无法在那个单元里露面。奥西普没能得到居留在首都的许可证。X. 对他说："您太好发脾气了。"没有职业。他们两口子从卡里宁市来到这里，坐在林荫路上。大概就在这时，奥西普对娜佳说："要善于更换职业。现在我们是乞丐"，而"乞丐们到了夏天，日子就好过些"。

　　　　你还没有死，你还不是孤身一人，

　　　　你还有个行乞的女友为伴，

　　　　你和她还能共赏茫茫平原，

　　　　你和她还能分担风雪、饥饿、严寒。

　　我听到奥西普背诵的最后一首诗是《在鬼城基辅的街道上》（1937 年）。情况是这样，曼德尔施塔姆夫妇没有过夜的地方，我便留他们住在我的家（喷泉楼）。我给奥西普在长躺椅上铺了被褥。我出去干点儿事，回来时，他已经浅浅入睡，但立刻醒了，于是给我背诵了这首诗。我重复了一遍。他说"谢谢您"，说完就沉入梦乡。

　　当时，舍列梅捷夫大楼里有个所谓"趣味科学之家"。来我们家，必须穿过这个可疑的机关。奥西普忧心忡忡地问我："或许还有另外一个趣味出口？"

　　当时，我们俩同时在阅读乔伊斯的《尤利西斯》。他读的是优秀的德文译本，我看的是原文。我们几次想谈谈《尤利西斯》，但那时已经顾不上谈论作品了。

他们如此过了一年。奥西普已经病重，可是他以令人不可理解的犟劲儿要求作家协会为他举办一次晚会。晚会的时间已经确定，但有关人员大概"忘记"发出通知，所以无人到场。奥西普·埃米利耶维奇给阿谢耶夫①打电话请他参加。对方说："我去看《白雪公主》。"曼德尔施塔姆在街心公园遇见了谢尔文斯基②，向他借钱，那位仁兄给了他三个卢布。

我最后一次见到曼德尔施塔姆是在 1937 年秋天。他们——他和娜佳——到列宁格勒小住两三天。那是个启示录式的年代。灾难步步跟踪我们每一个人。曼德尔施塔姆夫妇身上一文不名。他们完全没有居住的地方。奥西普呼吸困难，两片嘴唇在捕捉空气。我去看望过他们，已经记不清是在哪儿了。一切如同噩梦。我到了以后，又来了一个人，他说奥西普·埃米利耶维奇的父亲③（即"爷爷"）没有棉衣。奥西普当场脱下自己上衣里面的绒线衫，交给了他，让他转交给父亲。

我儿子④告诉我，审讯他的时候，曾把奥西普·曼德尔施塔姆有关他的和有关我的证词读给他听，证词无懈可击。可悲的

---

① 尼·尼·阿谢耶夫（1889—1963），俄罗斯诗人。

② 伊·利·谢尔文斯基（1899—1968），俄罗斯诗人。

③ 曼德尔施塔姆的父亲（1856—1938）少年时曾在柏林犹太教会学校读书，后来带着家属迁到彼得堡，从事过印刷和皮革分类行业。

④ 阿赫玛托娃的儿子列夫三次被捕，在流放地与监狱度过十一年，被审讯过多次。

是，我们同代人中能有几个人可以如此地谈及自己呢？……

1938 年 5 月 2 日，曼德尔施塔姆在契鲁斯吉火车站附近的神经病疗养院第二次被捕。那时我儿子在什帕列尔监狱已经关了两个月（从 3 月 10 日起）。大家都在大声高谈拷打的情况。娜佳来到列宁格勒。她的眼睛令人生畏。她说："只有我得知他已经不在人世时，我的心才能安静下来。"

1939 年初，我收到莫斯科一位女朋友（艾·格·戈尔什坦）寄来的短信，她写道："女友列娜（奥斯梅尔金娜）生了一个女儿，女友娜佳成了寡妇。"

1963 年 7 月 8 日　科马罗沃

补一

奥西普从他去世的地方只来过一封信（是写给他弟弟亚历山大的）。这封信在娜佳手里，她拿给我看过。奥西普写道："我的亲爱的娜佳在哪儿呢?"他要求寄些棉衣。邮包寄去了。邮包又被退了回来，他生前没有收到。

在娜佳极其艰难的岁月里，瓦西里莎·什克洛夫斯卡娅和她的女儿瓦里娅，是她真正的朋友。

奥西普·曼德尔施塔姆如今是世界公认的伟大诗人。有人为他写书——进行论文答辩。做他的朋友是荣誉，当他的敌人是耻辱。正在筹备出版他的作品的经典版本。每发现一封他的信都是大事一桩。

对于我来说，他不仅是伟大诗人，而且是人，当他得知（大概从娜佳口中）我在喷泉楼的生活如何恶劣时，他在列宁格勒的莫斯科火车站上跟我告别时，对我说："阿努什卡①（他平生从未这样呼唤过我），请您永远记住，我的家就是您的家。"这事只能发生在死亡临头的时刻……

当老曼德尔施塔姆得知奥西普被捕之后，他就大哭不已，一再重复："他是那么温柔。"（也许是"我的非常温柔的奥西亚"）我最不想写"回顾式"的曼德尔施塔姆传记。他也完全不需要这类的传记。这个人有一颗流浪汉的心，是这个字的最重要的意义，同时是真正的爱咒骂的诗人。他的经历恰好证明了这一点。南方，大海，新的地点永远在召唤他。1929年写的一组不朽的诗说明他对亚美尼亚的狂热的爱恋。多少年来，他不得不从早晨起就考虑在哪儿弄点儿吃午饭的钱。他一点儿也不会攒钱和算账。都说"他向所有人都借过钱"，可是，他从来没有向我借过一分钱。也没有向斯列茨涅夫斯卡娅借过。

提出并尽力说明列宁格勒和莫斯科对曼德尔施塔姆的不同态度（1930年代）。

莉莉·勃里克沙龙的活动。②

---

① 安娜的昵称。

② 莉莉·勃里克和她丈夫的沙龙，常有克格勃大人物聚会。阿赫玛托娃怀疑这与曼德尔施塔姆被捕有关，不过这一怀疑没有物证可以证明。

　　　　　　* 　 * 　 *

　　有的诗人生前赫赫有名（如索洛古勃），可是死后完全被
忘却。

　　有的诗人生前默默无闻（如古米廖夫），可是人一死马上成
了名人。（莫迪利阿尼的命运也是如此。）

　　曼德尔施塔姆的情况复杂得多。他是在为自己的重孙们写
作。这些重孙出生在血泊中、污泥中、饥饿中、非正义中，却长
成纯洁的、聪明的和充满活力的人。他们来了，说："就是他——
我们不需要任何其他人。"

　　歌……
　　越过孙子向重孙们飞翔。
　　新的弹唱歌手会谱成陌生的歌曲
　　像是自己的歌一样在唱——

　　奥西普·曼德尔施塔姆还是个孩子时就这么写了，他已预见
到 20 世纪 60 年代会发生的事。

　　（也有像维亚切斯拉夫·伊万诺夫这种人——故弄玄虚以愚
弄人民的卓绝能手。他去了国外，他使自己和别人都相信他在国
内是个知名的人物。）

关于奥西普·曼德尔施塔姆

1917 年 10 月 25 日，他经过宫廷广场，在那里看到了妇女最后一次阅兵式。其中有个骑在马上的女人对着群众中的一位夫人喊道："薇拉姑妈，再见。"

补二

我把自己写的关于曼德尔施塔姆的随笔交给了日尔蒙斯基。

1916—1917 年，奥·曼德尔施塔姆住在克里木，不只是在科克捷别里，还在阿卢什塔市马戈登科家中。那时，在那里还有莫丘利斯基、涅多勃罗沃、斯米尔诺夫、拉德洛夫兄弟、日尔蒙斯基、萨洛梅娅和拉法洛维奇①、丘多夫斯基夫妇。苏杰伊金和薇拉·阿尔图罗夫娜单独住在另一处，离阿卢什塔不远。正是她

越过肩膀在窥视……

---

① 惯于制造流言蜚语的老家伙（格·伊万诺夫）可以把这一对男女编造成腰缠万贯的亚美尼亚男人和他的漂亮姘妇。这两个人当时都在巴黎，当然两人不能不动手打架。不知麦秸儿是指谁说的，格奥尔吉·伊万诺夫根本办不到（大家都知道这一点），既然他把她称为漂亮的姘妇，他就需要戴上假面具。——原注

补三

奥西普在"诗人作坊"里（这事发生在洛津斯基家中）对我说："您的诗一般都给我一种飞翔的感觉。今天没有这种感觉，而应当有。注意，要时时都有！"另一次："只有动用外科手术才能把您的这些诗句从我的脑子里清除出去。"（指《念珠》集中的某首诗）

谈到尼·布鲁尼（在"一号作坊"）的诗时，他大发脾气，怒吼道："有的诗听起来像是对个人的侮辱！"

补四

就"丧家犬"酒吧讲几句。地点：米哈伊洛夫广场 5 号。两个冬天。普罗宁总是把革命文献藏在沙发底下。关于《宿营地》我一无所知，没有去过。过路的外国人，如保罗·弗尔①、马里奈蒂②——有时来到"丧家犬"酒吧，形式主义者们在那里举行过研讨会。乐曲阵阵。关于《驱逐天堂》。角色。奥丽嘉——耶娃，米克拉舍夫斯卡娅——蛇魔，卡尔萨维娜的纪念会。每天白

---

① 保罗·弗尔（1872—1960），法国诗人，1914 年 3 月在"丧家犬"酒吧举行过朗诵会。
② 马里奈蒂（1876—1944），意大利诗人，形式主义理论家。1914 年 2 月"丧家犬"酒吧为他举行过一周的活动。

天，更正确地说是每天晚上，马雅可夫斯基穿着黄色短上衣出现。他喜欢在那里朗诵。

我记得他朗诵过：

算是什么丈夫
直接从手里抢夺……

夏天行使职能
秋天闩上公园的门栓。
车站出售黄色车票
买这种票没有座位……

派人去找御医，
御医说到就到。
宫廷的小丑像个
玩具小熊在奔跑。

在"丧家犬"酒吧演出的另一个场面：

乌拉，治疗开始了
全身轻松了

不知为什么出现了把小木桩和美妙的天主教教徒押成一个韵。

*　*　*

奥·曼德尔施塔姆对我说："当您和人们交流时，好像是蒙着盖头在接待他们。"

阿米蒂奥·莫迪利阿尼

    我非常相信别人的话，他们把他描绘得并不像我所熟悉的样子，这里有些原因。第一，我只晓得他实质性的某一个方面（即闪光的一面），因为我是外来人，是个二十岁的外国妇女，我本身可能也不太为他人所理解；其次，当我和他于 1911 年相会时，我发现，在他身上已发生了巨大的变化。他变得阴郁而消瘦了。

    1910 年，我和他见面的机会很少，只有几次。可是那年冬天，他却不断地给我写信①。但他没有告诉我他在写诗。

    根据我现在的理解，我当时使他最感惊奇的是，我喜欢猜测他人的思想，窥察别人的梦境，以及其他等等琐事，而了解我的人对这些早已习以为常。他口中振振有词地说："噢，传递想法。"他常讲的话是："噢，这只有您才做得出来。"

    我们俩大概都不理解一个实际问题：当时发生的一切，对我们来说，是我们两人的生命的前奏，是他那极短的和我这极长的

---

① 我还记得他信中的几句话。其中有一句："您让我着了迷。"——原注

生命的前奏。艺术的呼吸还没有吹燃起火花，还没有改造这两个人的生存，那应该是一个明媚的、轻快的、拂晓的时刻。而未来，在它进屋之前，大家就晓得，早已把自己的影子投射进来。它敲着窗户，藏在路灯后边；它横穿梦幻，并用波德莱尔笔下的可怕的巴黎吓唬人，而这个巴黎就隐蔽在身旁。莫迪利阿尼的一切神圣奇妙的东西，当时只是隔着一层迷雾在闪烁放光。

他长着安提诺①似的头，双眼闪着金色的光芒，他与世上任何人没有丝毫相似之处，除了我常常想起来的亚·特施勒，那时（1943年）特施勒正在塔什干为我画像。

不知为什么，他说话的声音却永远留在我记忆之中。我认识他时，他穷得像个乞丐，我不晓得他靠什么维持生活。当时他作为一名画家，连成名的迹象也没有。

那时（1911年）他住在法尔吉埃胡同。他很穷，所以我们逛卢森堡公园时，一向是坐在长凳上，而不是坐在需要付费的椅子上。他并不抱怨那种极端的困境，也不抱怨别人如此不赏识他。只有一次，在1911年，他说，前一年冬天他是那么糟糕，以至不能去思忖他最珍爱的事。

我觉得他被孤独紧紧地困住。我不记得他在卢森堡公园或在拉丁区跟什么人点头打过招呼，而住在那一带的人彼此都多多少少相识。我没有听见他提及过一个熟人、一个朋友或一个画家的

————————

① 古罗马皇帝宠爱的希腊少年。

名字。我也没有听见他讲过任何一个笑话。我从未见过他喝醉的时候，也没有闻到他身上有酒味。看来，他喝酒是后来的事，但那时他已提到过印度大麻素①。那时他没有明确的生活伴侣。他从不讲述前一次的恋爱经历（可惜，大家都喜欢讲）。他跟我也不谈世间俗事。他彬彬有礼，这并非家教的结果，而是他崇高精神的流露。

当时他从事雕塑。他身穿工作服在画室外的小天井里工作（空荡荡的死胡同里可以听见他锤子的敲打声）。他画室的墙壁上挂满肖像画，其长度是意想不到的（据我现在的回忆，觉得那些画是从天花板一直垂到地板上）。我没有见过那些画的复制品，原作可保存下来？他把自己的一座雕塑称之为东西，1911年大概在独立展览会展出过。他邀我去看这件展品，但在展览厅里他却没有走近我，因为我当时不是独自一人，而是和朋友在一起。后来当我遭到重大损失时，他那次送给我的照片也遗失了。

那个时期，莫迪利阿尼的脑子里装满了埃及。他带我到卢浮宫去参观埃及展厅，并一再表示，其余展品都不值得看。他画我的头时，头上画上了埃及女王和舞女的头饰，使人觉得他完全为埃及的伟大艺术所征服。显然，埃及是他最后的追求。过了不久，他变得如此独具一格，以致欣赏他的画时，再不愿意追念其他了。如今，莫迪利阿尼的那个时期被大家称作黑人时期。

---

① 从印度大麻的胶质中提取的麻醉物质，可以制药，亦可作为毒品吸用。

他说过"珍宝（指我的非洲串珠项链）应当带有野性"，并为我画了佩戴项链的肖像。月夜他领我去参观先贤祠后面的老巴黎。他非常熟悉这座城市，可是，有一次我们还是迷了路。他说："我忘记中间有一个岛①。"是他使我看见了真正的巴黎。

关于米洛斯岛上的维纳斯，他说，值得雕塑与作画的体形匀称的妇女，一旦穿上衣服便显得笨拙。

细雨纷飞（巴黎多雨），莫迪利阿尼撑着一把又大又旧的黑伞上街。有时，我们撑着这把伞，坐在卢森堡公园的长凳上，夏季的雨水暖洋洋的，一座意大利风格的古老宫殿②在附近昏昏欲睡。我们二人异口同声地背诵我们记得牢牢的魏尔伦③的诗句。我们喜出望外，因为我们记住的是同一些作品。

我看过一本美国出版的传记，书中说，似乎是贝阿特丽丝·黑④对莫迪利阿尼发生过巨大的影响。正是这个女人曾把他叫作既是珍珠，又是猪崽⑤。"我可以证明，而且我认为有必要证明，

---

① 指圣路易岛。

② 指卢森堡宫，这座宫殿是建筑师杰勃罗斯奉国王亨利四世的遗孀马利亚·麦基奇之命在1615—1621年建成的。

③ 魏尔伦（1844—1896），法国高蹈派诗人。

④ 贝阿特丽丝·黑是特朗斯瓦里马戏团的一名女骑手（参见《巴黎艺术》杂志1920年第6期第1—2页古劳梅的文章）。书中的潜意大概如下："一个外省城来的犹太孩子怎能受到多方面的深厚教养？"——原注

⑤ 作者引的贝阿特丽丝·黑斯廷格（即"黑"）的这句话，摘自里坡希兹的著作《阿米蒂奥·莫迪利阿尼》结尾一章（巴黎，1954年版）。

阿米蒂奥早在与贝阿特丽丝·黑相识之前，也就是在 1910 年，就已经是具有高度修养的人了。一个把伟大的画家叫作猪崽的贵妇人，未必对某人能起开导作用。

1945 年 11 月，在喷泉楼，第一位来到我家的外国人，见到莫迪利阿尼给我画的肖像后，说了一句某位无名诗人谈及其他事的话，让我"既记不住，又不能忘却"。

* * *

比我们年长的人把魏尔伦和簇拥他的一大批景仰者走过的卢森堡公园的林荫路指给我们看，说他就是沿着那条路从"自己的咖啡馆"，即他每天高谈阔论的地方，走向"自己的饭店"去用餐的。但是，1911 年沿着这条林荫路走的不是魏尔伦，而是一位高个子先生，他身穿无可非议的常礼服，头戴大礼帽，胸佩"荣誉团"绶带——周围的人悄悄地说："亨利·德·雷尼埃①！"

这个名字对我们两人来说一点也不响亮。莫迪利阿尼（如同其他有教养的巴黎人一样）根本不想听到阿纳托尔·法朗士的名字。他得知我也不喜欢此人时感到高兴。魏尔伦在卢森堡公园只作为一座纪念像存在着，这座纪念像是在那一年落成的。关于雨果嘛，莫迪利阿尼简单地说了一句："雨果——是演说家吗？"

---

① 雷尼埃（1864—1936），法国诗人。

* * *

有一天，我去找莫迪利阿尼，大概没能约好时间，所以他不在家。我决心等他一会儿。我手中有一捧红色的玫瑰花。画室的大门锁着，门上的那扇窗户却开着。我闲得无聊，便把鲜花一枝枝抛进画室。没能等到莫迪利阿尼归来，我便走了。

当我们见面时，他表示万分惊讶：房间锁着，钥匙还在他那里，我怎样进了他的屋。我把经过说了一遍。莫迪利阿尼说："不可能，花儿摆得那么美……"

莫迪利阿尼喜欢彻夜在巴黎游逛。当街道陷入沉睡的寂静时，我常常听到他的脚步声，于是我便离开写字台，走近窗户，透过百叶窗，望着他在我窗下缓缓漫步的身影。

当时的巴黎，到了1920年代初便得名老巴黎或战前的巴黎了。出租马车比比皆是。车夫有自己的小酒馆，叫作马车夫聚会地，我青年时期的同代人当时还活在人间，但，过了不久，他们便阵亡在马恩河上和凡尔登城下了。所有左派美术家，除莫迪利阿尼之外，都得到了赞许。毕加索当时的名气和现在一样的大，不过那时都说："毕加索和勃拉克[①]。"那时伊达·鲁宾什坦[②]扮演莎乐美，佳吉列夫的俄罗斯芭蕾舞美的传统（斯特拉文斯基、

---

① 勃拉克（1882—1963），法国现代派画家。
② 鲁宾什坦（1885—1960），俄国女演员。

尼仁斯基、帕甫洛娃、卡尔萨温娜、巴克斯特①)。

如今,我们晓得斯特拉文斯基的命运也没有停滞在 20 世纪前十年,他的创作成了 20 世纪最高音乐精神的表现。当时我们还认识不到这一点。1910 年 6 月 20 日,《火鸟》上演了……1911年 6 月 13 日,福金②在佳吉列夫剧团排演了《彼得鲁什卡》③。

那时,在巴黎闹市区铺修新的拉斯帕伊林荫大道的工程尚未最后完工(左拉对此有过描述)。爱迪生的朋友韦尔纳在先贤祠餐厅指给我两张桌子看,说:"这是你们的社会民主党人待的地方,布尔什维克们在这儿,孟什维克们在那儿。"妇女们的穿戴兴趣经常变换,忽儿穿上裙裤,忽儿又几乎是包住大腿的裙子。诗——无人问津。只有印有名声大小不等的美术家的装饰画的诗集才有人购买。我那时已明白,巴黎美术把法国诗歌给吞了。

雷涅·吉尔在提倡"科学诗",而他的所谓门徒们则是极不乐意地去拜访他们的这位道长。

* * *

天主教堂把贞德变成了圣人。

---

① 巴克斯特 (1866—1924),俄罗斯舞台美术家。尼仁斯基、帕甫洛娃、卡尔萨温娜均为当时享誉舞坛的俄罗斯演员。
② 米·福金 (1880—1942),俄罗斯芭蕾舞演员、舞剧编导。
③《彼得鲁什卡》是斯特拉文斯基创作的芭蕾舞剧。

出生在洛林的善良的贞德，

被英国人烧死在鲁昂……①

当我看见这位新的女圣者的一尊尊雕像时，不由得想起了一部万古流芳的叙事诗的这两行诗句。这些趣味相当低劣的小雕像，已开始在经营教堂用具的店铺中出售。

*　　*　　*

莫迪利阿尼听不懂我的诗，感到十分遗憾。他猜想诗中一定隐藏着某些神奇内容，其实那些诗仅仅是怯懦的初试（例如 1911 年在《阿波罗》杂志上发表的诗）。对于《阿波罗》上刊载的美术作品（"艺术世界"的画），莫迪利阿尼公开予以嘲笑。

莫迪利阿尼在一个丑陋不堪的人的身上发现了美，而且极力坚持这种看法，这事使我感到意外。我当时产生了个想法：他对一切事物的观察，大概与我们大不相同。

总而言之，巴黎称之为时髦的东西，以各种华丽的辞藻打扮的东西，莫迪利阿尼都嗤之以鼻。

他画我的时候不是当场写生，而是关在自己的家中作画，然后把这些画赠给我。一共给了我十六幅。他要求我把这些画镶上

---

① 这是法国诗人弗朗索瓦·维庸（1431—1463 以后）的叙事诗《关于往昔的贵妇人》中的两句。

镜框，挂在自己的房间。可惜这些画在革命的头几年被毁于皇村。残存的一幅，与其他十几幅相比，最不能预见到他后来画的"人体画"……

我们在一块儿谈得最多的是诗。我们两人知道很多法国人的诗：魏尔伦、拉弗格①、马拉美、波德莱尔等人的作品。

他从未给我读过但丁。可能因为我当时还不懂意大利文。

有一次，他说："我忘记告诉您，我是犹太人。"他说他生于里富纳近郊——同时说他二十四岁，其实他已经二十六了……

他说，他对航空员（现在称为飞行员）颇感兴趣，可是当他和其中的一人相识之后，便大失所望：原来他们不过是一般的运动员。（他期待的是什么呢？）

那时，大家都晓得，早期轻便飞机形状类似书架，在锈迹斑斑的、有些曲线的埃菲尔铁塔——我同龄（1889 年）的产物——上空盘旋。

我觉得这座铁塔像一盏硕大的灯台，被一个巨人遗忘在小人国的首府里了。这种说法已经近似格列佛②了。

* * *

……不久前占了上风的立体派，这时到处显出一副不可一世

---

① 拉弗格（1860—1887），法国象征派诗人。
② 格列佛是英国作家斯威夫特的讽刺小说《格列佛游记》中的主人公。他周游过小人国和大人国等虚构国度，并有一些离奇的遭遇。

的样子，可是莫迪利阿尼对它始终感到格格不入。

马克·夏加尔①已经把自己神奇的维捷布斯克带到了巴黎。另一位尚未成名的小字辈，还没有升华为明星的查理·卓别林，那时正在巴黎林荫路上徘徊（当时电影被称为"伟大的哑巴"，它出色地保持着沉默）。

＊　　＊　　＊

"而在遥远的北方"……（见普希金《石客》）在俄罗斯，列夫·托尔斯泰、弗鲁别利、薇拉·科米萨尔热夫斯卡娅相继去世。象征派宣布自己处于危机状态。亚历山大·勃洛克却预言道：

> 呵，孩子们，如果你们知道
>
> 来日的寒冷与黑暗……
>
> 还有
>
> 给大地送来了黄色炸药……

在散文中"当伟大的中国向我们扑来时……"（1911 年）

如今，支撑着 20 世纪的三头巨鲸——普鲁斯特、乔伊斯和

---

① 夏加尔（1887—1985），俄裔法国现代派美术家，出生在维捷布斯克（白俄罗斯境内）。他曾把表现家乡的美术作品带到巴黎去展出。

卡夫卡——当时还没有作为神话存在，那时他们和一般人一样地生活着。

* * *

我深信这样一个人一定会光芒四射，所以后来我遇到从巴黎回来的人便打听莫迪利阿尼的下落，他们的回答都雷同：我们不知道，没有听说过[1]。

只有一次，当我和尼·斯·古米廖夫最后一次一起去别热茨克看望儿子（1918年5月），我提起莫迪利阿尼的名字时，古米廖夫说他是个"大酒鬼"，或类似什么。他说，在巴黎时，他们之间发生过一次冲突，因为古米廖夫在一伙人中间用俄语讲话，莫迪利阿尼提出抗议。那时，他们两人大约都只剩下三年的活头了，而死后巨大的光荣正在等待着他们。

莫迪利阿尼瞧不起旅行者。他认为旅行是顶替真实的行动。他的衣袋里总是装着一本《马里多罗拉之歌》，当时那是绝版书。他讲过自己是怎样到俄罗斯教堂去参加复活节晨祷的，他想看看举着十字架圣像的宗教队列，因为他喜欢热闹的场面。他还和一位"显然是非常重要的人物"（估计是大使馆的人）相互亲吻三

---

[1] 无论是 A. 艾克斯泰尔（基辅"左派"美术家学校成员之一），还是鲍·安列坡（著名的镶嵌美术家），还是那几年（1914—1915）为我画像的阿尔特曼，都不晓得他。——原注

次①。莫迪利阿尼大概没有弄清楚这是什么意思……

在很长一段时间里，我以为再也听不到他的消息了……可是后来却听到了很多有关他的事……

* * *

新经济政策初期，我还是当时的作家协会理事会的理事，我们平时都在亚历山大·尼古拉耶维奇·吉洪诺夫的办公室里开会（列宁格勒市莫赫瓦亚街 36 号，世界文学出版社）。那时，又恢复了和国外的通信联系，吉洪诺夫收到许许多多外国书刊。有一次（开会时）有人递给我一本法国美术杂志。我打开一看，莫迪利阿尼的相片……小小的十字架……类似讣告的长文章。我从这篇文章中得知他是 20 世纪的伟大画家（记得文中把他与波提切利②相提并论），并说英文和意大利文都已出版了有关他的专著。后来，在 1930 年代，爱伦堡给我讲了很多有关他的事情。爱伦堡在诗集《前夜集》中还发表了一首献给他的诗。爱伦堡和他在巴黎相识，是在我之后。我在卡尔柯③写的《从蒙马尔特到拉丁区》一书中也读到了有关莫迪利阿尼的情况。在这部趣味低下的长篇小说中，作者把他和乌特里罗④连在一起。我可以肯定，这

---

① 东正教徒在复活节那一天见面时互吻三次以示祝贺。

② 波提切利（1445—1510），意大利文艺复兴时期的大画家。

③ 弗朗西斯·卡尔柯（1886—1958），法国作家。

④ 莫里斯·乌特里罗（1883—1955），法国风景画家。

些有关莫迪利阿尼 1910—1911 年间生活的大杂烩式的描绘，根本不像他。至于作者所采用的手法，正是一般被禁止使用的。

现在我国关心现代艺术的所有人都知道他。他在国外如此出名，以至于为他拍成电影《蒙巴那斯街 19 号》①。这事令人痛心之至！

1958 年　保尔肖沃

1964 年　莫斯科

* * *

我生活中只有莫迪利阿尼才能在夜间任何时候伫立在我的窗下。为此我暗地里尊重他，但我从未对他说过我见过他。

社会对莫迪利阿尼无限负疚。他在世时没有被承认，他忍饥挨饿，住在满是尘土的没人收拾的画室里（法尔吉埃胡同）……

* * *

一个意大利工人把列奥纳多的《佐贡多》偷走了②，准备把它归还祖国，而我（已经在俄罗斯了）总觉得，我是最后一个见到它的人。

---

① 《蒙巴那斯街 19 号》，法国影片，1958 年开始公演。脚本由欧菲里斯与安利·冉逊根据米沙里的长篇小说《蒙巴那斯人》改编；导演扎克·盖列尔；杰拉·菲利普扬饰演阿米蒂奥·莫迪利阿尼。

② 1913 年，列奥纳多·达·芬奇的名画《佐贡多》（即《蒙娜丽莎》）从卢浮宫被窃走，并于同年归还博物馆。

＊　　＊　　＊

这些杂记并不想概括整个时代，并确定莫迪利阿尼在其中所占有的地位。

……立体主义临近了。第一批飞机晃晃悠悠地在埃菲尔铁塔周围飞旋。所谓第一次世界大战的火光佯装成霞光在远方燃起。

……20 世纪迈着侦察员无声的高高的大脚，背后藏着还没有发明出来的制造死亡的火箭，悄悄地走来。

＊　　＊　　＊

我没有给莫迪利阿尼写过诗。别人一定认为未完成的画像上的题诗（《傍晚》）是写给他的，其实与莫迪利阿尼没有任何关系。《我和你喝醉时感到愉快》一诗，也与莫迪利阿尼没有关系。

＊　　＊　　＊

我和莫迪利阿尼从未去过咖啡馆或餐厅，但他在我的那条街吃过几次早餐。拉斯帕伊林荫路的拐角。

多么不像海①。

他们只知道谈吃，回忆美餐，这也就戳穿了他的文学作品，

---

① 这里的"海"指的可能是海明威。海明威写过一本书，回忆 1920 年代的巴黎生活《流动的盛宴》。1964 年出版后，即译成了俄文。

那里写的尽是吃和喝。 （米沙·阿尔多夫说，那是《厨师回忆录》。）

*　*　*

他好像在任何时候、任何地方都感到窒息，甚至在卢森堡公园。他有个习惯性的动作，仿佛在撕汗衫，不耐烦地重复一句话："需要离开这里……"（本文中所有法文句子都是我所记得的莫迪利阿尼的原话。我记得他说过："希望你善良，希望你温柔！……"这是当他处在大麻刺激下，躺在自己的画室里，几乎失掉意识时说的。我从来没有跟他善良，也从来没有跟他温柔。）

夜话

（3 月 10 日）

星期二：维高列里来信。为莫迪利阿尼表示感谢。一再邀请我 5 月 30 日去意大利。蒙代尔。奖金……我补写了莫迪利阿尼。写了几句关于俄罗斯。托尔斯泰的死。勃洛克的预言。

文章像是长了芽（如同草莓），长啊，长啊！在我眼前变成了自传。只好在最有趣味的地方切断它，所以意大利读者无法知道 1911 年 9 月 11 日我在基辅坐在马车上怎么给前往剧院的沙皇的御驾和基辅贵族让路，一个小时后斯托雷平在那里被打死……

　　　　　　　*　　*　　*

　　莫迪写信给我说："您在我身上有一种魅力。"还有"我捧着
您的头，并用爱将它包起来"。

补充《阿米蒂奥·莫迪利阿尼》一文

　　……五十四年后，一个阳光灿烂的六月天，我经过卢森堡公
园时突然想到，莫迪利阿尼为一种奇怪的窒息感所折磨，他撕胸
前的衬衫，并硬说他在公园里喘不过气来……

1958—1965 年

评论与演讲

阿赫玛托娃的普希金研究非常有名，本辑选了四篇。后两篇（《普希金殉难记》《亚历山德林娜》）非常难译，花了不少精力，前前后后改了十几遍（绝非夸张），有些地方还是没弄明白。人物太多，关系太复杂，为了我国读者方便，我把普希金夫人三姐妹的名字都缩写了，失去昵称、爱称或尊称的色彩。

本辑还译了关于但丁和莱蒙托夫（《他无所不能》）的两篇短文。这两篇都非常重要。

高莽

但　丁①

　　今天，在这隆重的日子里，我能够表明自己有意识的一生是在这个伟大名字的光辉下度过的，备感幸福。这个名字和人类另一位天才——莎士比亚——同写在一面旌旗上。我的道路就是在这面旌旗下开始的。另外我敢于向缪斯提的一个问题，也包括这个伟大的名字——但丁。

　　　　她走了进来。撩起面纱

　　　　看着我，把我细细地观察。

　　　　"是你把地狱篇口述给但丁?"

　　　　我问道。"是我。"她回答。

---

　① 1965年10月19日在莫斯科大剧院隆重纪念但丁·阿利盖里诞辰七百周年。阿赫玛托娃应邀在大会上发了言。这篇是根据录音记录整理出来的发言稿，也是阿赫玛托娃最后一次在公共场合发表的演说。

教皇派和皇帝派①早已成为历史的过去，白党和黑党②也是如此，而《炼狱篇》第三十歌中贝娅特丽齐的出现——却是永存于世的形象。直到现在她仍然戴着橄榄叶花冠，蒙着白面纱，披着绿斗篷，里面穿着烈火般的红色的花袍，伫立在人间。

苛烈的阿利盖里对于我的朋友和同代人来说是位伟大的高不可及的导师。古米廖夫在佛罗伦萨两堆火焰柱③之间看到

被驱逐的可怜的阿利盖里
缓慢地向地狱走去

我的另一位朋友和同志奥西普·曼德尔施塔姆花了多年的时间研究但丁，在自己的论文《谈谈但丁》中，在诗中，经常提到这位伟大的佛罗伦萨人：

沿着坚硬的楼梯
从棱形拐角的官殿广场
阿利盖里
围绕着佛罗伦萨

---

① 教皇派和皇帝派是 12—15 世纪意大利的政治派别，产生于神圣罗马帝国和罗马教廷争夺意大利统治权的斗争中。
② 后来教皇派分裂为黑党（即贵族党）和白党（即富裕市民党）。
③《火焰柱》（1921 年）是古米廖夫的诗集。

用疲惫的双唇

声嘶力竭地唱着

自己的歌曲——

我的终生好友米·洛津斯基成功地把《神曲》不朽的三韵句
诗译成俄文。这项工作在我国受到评论界和读者们的高度赞扬。

我在但丁伟大的名字照耀下，写出自己关于艺术的想法：

死后他也没有重返

他那古老的佛罗伦萨。

临别时，他没有回头顾盼，

为此我才把歌儿唱给他。

火炬，黑夜，最后一次拥抱，

命运在门外疯狂号叫。

他在地狱里把它诅咒，

到了天堂也没有把它忘掉——

但是，他没有赤脚，没有穿忏悔袍，

没有手秉燃烧的蜡烛——

在他心爱的、变节的、卑下的、

向往已久的佛罗伦萨踱步……

＊　＊　＊

……当别有用心的人以嘲笑的口吻问道："古米廖夫、曼德尔施塔姆和阿赫玛托娃之间有什么共同点？"我愿意这样回答他们："对但丁的爱。"难怪古米廖夫几乎临终时还想把自己的著作《火焰柱》称作《浪迹大地之间》，而我在 1940 年代，在完成《安魂曲》以后，放弃了一切，我在人不该在的地方说：

> 我在人间不需要任何东西——
> 无论是荷马的雷霆，还是但丁的奇迹……①

古米廖夫在《致安浓茨奥》② 中谈及诗人们的命运时，又提到了但丁：

> 这个大写的人真的战胜了死亡和忠于死亡的忘却。

他已经留在彼特拉克的爱情的胜利③中。

---

① 引自阿赫玛托娃 1940 年的诗作。那首诗是献给古米廖夫的。
② 古米廖夫在《致安浓茨奥》(1915) 诗中提到：
　　意大利的命运蕴育在她
　　庄严的诗人的命运中
③ "爱情的胜利"是彼特拉克未完成的长诗《胜利》中的诗句。

在第一个写就但丁的薄伽丘的文章①中，名声越来越大，震撼周围的一切如山洪，响起一支美妙的歌。历经磨难和傲慢的米开朗基罗的不朽的十四行诗……"他从这里迈向黑色的深渊"②，此诗毫不逊色于他的《夜》《摩西》或《大卫》。

背诵但丁的诗，鼓舞着另外一位意大利天才③，但他不是16世纪的鬼才，而是在他死后征服了巴黎、至今偶尔让我在橡树下梦到的人——穷困潦倒、无拘无束、通晓艺术，"不能不怀念、又不能忘却"的人。

我大概只把相互呼应的话提及百分之一，它使世界高尚，使它永世长存。

但丁无比谦虚，他在《炼狱》第三十歌中只提到一次自己的姓名，为此而请求读者宽恕。

> 但丁由于维吉尔④的一去不返，
>
> 不要哭，不要再哭泣；并非因这把剑
>
> 为命运的哭泣，而把你审判。

----

① 薄伽丘（1313—1375），意大利作家，文艺复兴创始人之一，代表作《十日谈》。他是第一位写但丁的人。

② "他从这里迈向黑色的深渊"是意大利雕刻家、诗人米开朗基罗（1475—1564）一首十四行诗的第一句。

③ 指现代画家阿米蒂奥·莫迪利阿尼（1884—1920）。

④ 维吉尔（公元前70—前90），古罗马诗人，写有著名诗集《牧歌》。

我们和但丁年告别，但并不和但丁本人告别，但愿他那鹰般的侧影为我们年轻的诗人们指引方向。

* * *

勃鲁涅托·拉蒂尼①——是但丁的导师。

不知是我的错觉，还是实情如此，但丁在《神曲》中只对一个人称作"您"——即他的导师勃鲁涅托·拉蒂尼。

不知为什么这事总让我感动至深。

1965 年

---

① 勃鲁涅托·拉蒂尼（约 1220—约 1294），意大利佛罗伦萨人，但丁的导师，属于教皇派。

他无所不能①

1927 年（……）当我在基思洛沃茨克②时，周围的人都在咏诵莱蒙托夫的作品，使人觉得那里的空气都渗透了他的诗。很多年以后，我想用四行关于天魔的诗来表达这种奇异的感觉："怡然自得的风儿会讲述，莱蒙托夫没有唱完的歌。"

我不知道现在的情况，但那个时候他无处不在。人人都反复阅读他的作品，人人都思念他。在那里简直不可能不想他……

这儿是普希金流放的开端，

这儿是莱蒙托夫流放的结束。

这儿轻轻飘散着山间野草的芳香，

---

① 1964 年 10 月初，苏联隆重庆祝莱蒙托夫诞辰一百五十周年，阿赫玛托娃为此撰写了这篇短文。文章首先发表在 1964 年 10 月 15 日的《文学报》上，1965 年又重登在列宁格勒《诗歌日》丛刊上，但文字做了较多的改动。
② 基思洛沃茨克，俄国最大的矿泉气候疗养地之一。1927 年 6 月至 7 月，阿赫玛托娃曾在那里的"改善学者生活中央委员会"疗养院疗养。

我只有一次，在湖畔，

在浓密的梧桐的荫凉下，

在那残酷的傍晚临近的时候——

看到塔玛拉不朽的情人的

那双得不到满足的眼睛的光芒。

　　他是个奇特的、谜一般的人物——皇村近卫军骠骑兵，家住克尔平街，每次去彼得堡总是骑马前往，因为他的外祖母认为铁路①不安全，却不认为克列斯托夫山口②有危险。那时他还没有见过皇村的诸多公园以及公园中拉斯特雷里③、卡梅伦④设计的宫殿，还有仿哥特式的建筑物，以及永生的天鹅，却发现了：

　　月光下硅石的道路在闪烁。

　　他没有注意彼得戈夫⑤喷泉在他面前第一次喷水的景观，却

---

① 1837年从彼得堡到皇村铺修了俄国第一条铁路。

② 克列斯托夫山口是格鲁吉亚军路通过的地方，经过高加索主脉分水岭，由捷列克河谷地通往阿拉格维河谷地，海拔二千三百七十九米。

③ 拉斯特雷里（1700—1771），俄国建筑师，意大利后裔，俄国巴洛克建筑样式的代表人物。彼得堡和皇村有很多他设计建造的宫殿，如冬宫、斯莫尔尼宫等。

④ 卡梅伦（1730—1821），苏格兰人，1779年成为俄国沙皇政府的御用建筑师。他是俄国古典主义建筑样式的代表人物，皇村很多著名建筑物都是由他设计的。

⑤ 彼得戈夫原是彼得一世的离宫，距首都彼得格勒二十九公里，那里有驰名于世的宫廷喷泉。

望着"侯爵的水坑"① 沉吟：

孤独的帆儿泛着白光。

也许还有很多故事他没有听到，却牢牢地记住了：

（星星和星星在细语）

水仙女在歌唱，

歌声飞到陡峭的河边。

他写诗，长期模仿普希金，模仿拜伦，突然间他写起再不模仿任何人的诗了，但是一百五十年来大家都愿意模仿他。不过，显而易见的是，他是无法被模仿的，因为他掌握了一种本领，这种本领被演员们称为"弦外之音"。

语言听从他的调遣——从不堪入耳的顺口溜到祷文——如同蛇听从弄蛇者的指挥一般。世界上任何诗歌也不能与他的诗句媲美，虽然诗句有种种错误和不准确的描写。它是如此出乎意料，如此朴实无华，又如此深沉莫测：

有的语言，其含义，

---

① "侯爵的水坑"是对芬兰湾的一种嘲讽说法。

或模糊，或渺小，但聆听它的倾诉时
你不能不激动。

《假面舞会》直到今天还是我们许多话剧团保留节目中的精品。我且不谈他的散文。在散文方面，他远远超越了自己一百年，而且每篇新作品都粉碎了所谓散文仅为成年人所能及的神话。

这位年轻人带着恶毒嘲笑他人的名声离开了人世，难道不正是他在1829年（即十五岁时）写了下边这几句朴素的善良的感人的完全不像孩子的关于友情的话？

我曾经认为：人间没有朋友！
没有温柔经久的
无私淳朴的友情；
可是你来了，不速之客，
又让我恢复了安详！
我和你把感情汇合在一起，
在愉快的交谈中畅饮幸福的琼浆……

还有更严厉的话：

为了拯救你，我可以赴汤蹈火！

我是如此宣了誓言……

　　诗人去世后，他的名字，他的经历，被市侩的一种备感亲切的雾霭所笼罩，他们希望从意外的发现中变成理想的朋友。

　　在我们今天，诗已对于人们非常亲近又那么为人所需要时，让读者怀着感激之情思念那些为我们这些后代人留下的奇妙的珍品——米·莱蒙托夫的诗吧。

　　他永远不会写完《天魔》，他本来就是着了迷的天魔。他在寻找新而又新的形式来体现这个形象，如同弗鲁别利，他的天魔的最初画稿即来源于画家的自画像。

（1964 年）

话说普希金①

　　我的前辈谢戈廖夫②在其论述普希金决斗与死亡的著作中，以这样的想法结束了全书：为什么上流社会、上流社会的代表人物们对这位诗人恨之入骨，并把他从自己的圈子里驱赶出去，如同扬弃一具异族尸体。现在是时候了，应该把这个问题的内情翻腾出来，并大声说明，不是他们如何处置了他，而是他如何处置了他们。

　　浩如烟海的污秽，变节，谎言，朋友的冷漠，以及波列季卡和非波列季卡之流③，斯特罗加诺夫家族的亲属④，把丹特士⑤的

---

① 此文是诗人为普希金逝世一百二十五周年而写的。
② 帕·叶·谢戈廖夫（1877—1931），俄国历史学家、文艺理论家，著有《普希金的决斗与死亡》等书。
③ 伊达丽娅·波列季卡，彼得堡上流社会的一个女阴谋家，陷害普希金的主谋之一。
④ 斯特罗加诺夫，沙皇的宠臣，他与普希金的妻子冈察罗娃家有亲属关系。他百般祖护荷兰公使赫克伦与他的义子丹特士。
⑤ 乔治·卡尔·丹特士（1812—1895），法国人，男爵，法国波旁王朝的党羽之一。1830年法国七月革命推翻波旁王朝之后，去俄国，任近卫骑兵团军官。他在决斗中杀害了普希金。

勾当说成是维护团的荣誉问题的近卫骑兵白痴们的愚蠢，涅谢尔罗德①等人钩心斗角的沙龙，向所有钥匙眼儿里窥视的朝廷显贵，自诩为最高文官，即国务委员，又不羞于派遣秘密警察跟踪这位天才的诗人——都已成为往事，在这之后，再看一看这座装腔作势、没有心肝（亚历山大·谢尔盖耶维奇②称之为"猪猡式的"）、不学无术的彼得堡，它居然成了如此一个见证者：噩耗一经传开，便有千千万万的人奔向诗人的寓所，他们和整个俄罗斯永远留在那里了，这种情景，该是何等的壮观，何等的瑰丽。

奄奄一息的普希金说："我应当整顿一下我的家。"

两天以后，他的家便成了他祖国的一块圣地，世界上再没有见过比这更充实、更光辉的胜利了。

整个这一时代（当然，不是没有费过劲）渐渐地被称为普希金时代了。所有大家闺秀、宫廷女官、沙龙主妇、善骑的贵妇人、朝廷的成员们、高官显贵、将军与非将军们，渐渐地都把自己标榜为普希金的同时代人，后来，他们在普希金著作的卡片和人名索引中还占了一席之地（写上编造的生卒年月）。他战胜了时间，也战胜了空间。

大家都说：普希金时代，普希金的彼得堡。这与文学已经没有直接关系了，完全是另外一件事。宫廷大厅里，即他们翩翩起

---

① 涅谢尔罗德（1780—1862），尼古拉一世政府中的外交大臣。此处指他的夫人，普希金最凶狠的仇人。

② 即普希金。

舞和对诗人造谣诬蔑的场所，如今挂上了诗人的肖像，珍藏着诗人的书籍，而他们那些可怜的影子已从那里永远地被驱走了。人们每每提到他们那富丽堂皇的宫殿和公馆时，就说：普希金曾经到过此地；或者说：普希金未曾来过此地。人们对其他事一概不感兴趣。尼古拉·帕甫洛维奇皇帝陛下身穿雪白的鹿皮裤子，耀武扬威，他的画像悬挂在普希金博物馆的墙壁上。如今，如果在手稿上、日记里、书信中发现有神秘的"普希金"字样，它就会价值连城，而使他们最害怕的，莫过于听到诗人的如此诗句：

> 不会让你们出来为我负责，
> 你们暂且可以安稳地睡眠。
> 老实说，力量在于你们的子孙后代
> 将代替我将你们诅咒。

人们以为用人工竖立起来的几十座纪念碑可以代替那一座非人手创造的比铜更坚硬的①纪念碑，真是痴心妄想。

1961 年 5 月 26 日　科马罗沃

---

① 原文为拉丁文。

普希金与涅瓦海滩①

季托夫②的小说《瓦西里耶夫岛上的僻静小屋》（1829年）以描写瓦西里耶夫岛（也就是戈洛代岛③）北端的细节而令人惊

---

① 这篇文章是阿赫玛托娃研究普希金生平的成果之一。

　　文章最初见报是1969年7月4日的《文学报》，那时阿赫玛托娃已经逝世。俄罗斯国家图书馆手稿部存了这篇文章的几种文字稿，注明该文写于1963年1月23日。

　　1828年，普希金和好友维亚泽姆斯基一同参观过彼得保罗要塞，即关押政治犯的监狱。他们在那里拾得五块木屑。维亚泽姆斯基将木屑珍藏在一个匣子里。俄罗斯专家们研究，这是他们保留的五名被杀害的十二月党人的纪念。

　　这篇文章记述的是普希金对十二月党人的思念。

② 弗·帕·季托夫（1807—1891），俄罗斯文学家。1826年，普希金从流放中回到莫斯科后，与季托夫相识。1828年秋天，季托夫在卡拉姆津家中听过普希金讲述"一个小鬼怎样乘马车去了瓦西里耶夫岛"的故事。他把普希金讲的故事记录下来，又读给普希金听。普希金做了一些修改。杰利维格得知后，要求在《北方之花》杂志发表，1829年以《瓦西里耶夫岛上的僻静小屋》为篇名问世。

③ 戈洛代岛的名字并非来源于俄文的"戈洛德"（饥饿），而是英文的"节日"的变音，因为那时英国商人每礼拜都到那儿去消遣。

　　……礼拜天，有的官员

　　到河上来划船，有时顺便

　　访问这座荒岛……

173

奇不已。

　　谁在瓦西里耶夫岛上周游过，无疑会发现岛的两端
很少有相似之处。以南岸为例，那儿耸立着一排排庞大
的石头建筑物，富丽堂皇；而面对彼得岛的北端，却是
一条长长的浅沙滩伸入海湾，沉沉欲睡在水中。越是靠
近这个滩头，石头房子越少，它们被木屋所代替；在栋
栋木屋空隙中间，可以看到荒原。最后，一栋房子也没
有了，那时你就会走在辽阔的菜畦边上，它的左方尽头
是一片小树林；它把你引上最后一个丘陵，丘陵上只有
一两间孤零零的茅舍和几棵树。壕沟里长满高高的荨麻
和牛蒡，它将丘陵与防洪土堤隔成两段。再远一些就是
草场了，泥泞得如同沼泽，那儿便是海滩。夏天，这片
荒原显得十分凄凉，到了冬季，当草场、海水和遮蔽对
岸彼得岛的树木都陷入茫茫雪堆之中时，景象尤不忍
睹，如同埋在坟墓里一般。

作者天天可见瓦西里耶夫岛的南端，可是对它却没有说出一
句生动的话；谈到北端——那个从来无人问津的地方时，作者面
对那阴森森的夏季的风光，感到压抑，几乎发出了悲鸣，并把冬
景说得更为忧伤，甚至把它比作坟墓。我们知道左边是什么，右
边是什么，脚下感觉到土壤的湿润。所有这一切并不是坐在轿式

马车里隔着窗能见到的，甚至乘坐无篷马车也看不见。作者是如此关注瓦西里耶夫岛的北端，甚至没有理会那边的大海。对于他来说，彼得堡根本不存在了。议会大楼上的钟声使你为之一惊，如同天外之音，因为心中既没有涅瓦大街，也没有客栈；既没有宫殿，也没有堤岸。描写戈洛代岛与小说的情节毫不相干，可是小说中有一件东西描写得如此淋漓尽致。

鲍·瓦·托马舍夫斯基在《普希金的彼得堡》一书中，把小说中的这个地方与《铜骑士》中描写的涅瓦海滩联系起来了：

在海滩

望得见一座小岛。有时候
渔夫捕鱼捕到时间很晚，
拖着渔网就在那里停泊，
给自己烧顿可怜的晚饭，
或者，在礼拜天有的官员
到河上来划船，有时顺便
访问这座荒岛。那里没有
长起一茎青草。洪水泛滥，
冲到那里，把破烂的茅屋
也给冲倒。在汪洋大水上
它的残迹好像一丛小树。
去年春天有人把这破烂

用帆船运走。一片荒芜，
一切尽毁。而我那位疯人——
人们发现，死在茅屋门口，
就在这里，看在上帝的面上，
将他那僵冷的尸首埋掉。

我们坚信，他 1830 年写的有点儿像谜似的片段《有时候，
当往事的回忆》也应当归入这一类中来：

有时候，当往事的回忆
在暗暗地啮噬我的心，
而远去的痛苦像幽灵，
又来把我叩问；
有时候，我到处看到人群，
就想躲到荒原，
我厌恶他们软弱的嗓音——
那时，我就忘情地飞往
那并非明媚之邦，
那儿天空闪着难言的蔚蓝，
那儿温暖的波浪泼溅
发黄的大理石，
尽管月桂和郁郁的杉柏

在那儿繁茂地随地生长，

那儿庄严的塔索①曾经歌唱；

甚至如今，在冥冥的夜晚，

远远的，发出响声的山岩

把舟子的低音歌声回荡。

我经常梦见②飞往

寒冷的北国的波涛。

越过一片翻腾的白浪，

我看见一个裸露的小岛。

啊，凄凉的海岛——在荒蛮的岸边

丛生着严冬的越橘，

它布满了枯萎的苔藓，

受着寒冷的泡沫冲洗。

有时候，北国大胆的渔夫

就来到这里，

撕开湿淋淋的渔网，

并点火升灶。

而狂暴的气候把我的

---

① 塔索（1544—1595），意大利诗人，文艺复兴运动晚期的代表。
② "经常梦见"说明这个景色经常浮现在普希金眼前。——原注

脆弱的小船冲到那里……

　　这个片段里，所有的一切都说得颇为神秘：一阵阵赤裸裸的烦躁悲痛，这对于普希金来说是不寻常的（这种呻吟不是普希金成熟时期的抒情诗的特点，它只能和 1828 年写的《回忆》相比）；决心为了某种事物而准备放弃生命中最珍贵、最心爱的梦想——放弃意大利，更确切地说，是放弃对意大利的梦想；还有细腻地描绘被上帝和人们遗忘的赤贫的北方大自然中的一个角落，而且全部用的是凄惨的声调，不像生活现实中那么充实（如在《奥涅金的旅行》中）：

　　　　如今我需要另一些画面：
　　　　我爱满是沙粒的山坡地，
　　　　茅屋窗前长着两株山梨，
　　　　一扇柴扉，一排坍塌的樊篱……
　　　　…………
　　　　佛来芒人杂乱的胡说！

　　应当用《有时候，当往事的回忆》这个片段和《奥涅金》第一章作个对比，那里的情况完全相反。甚至可以认为作者是想使用被他否定了的结构。普希金在那篇作品中，为了意大利而放弃了彼得堡、白夜，等等：

178

不过，置身于这夜间的欢娱，

更迷人的，还是塔索八行诗的旋律！

　　普希金描写涅瓦河和白夜时，把格涅吉奇的《渔夫们》中的一大段文字作为注释，那里谈到了"涅瓦的苔原"（"……露水落满涅瓦的苔原……"）这个词在 1830 年的片段中也重复了（"它布满了枯萎的苔藓……"）。

　　彼得堡在普希金的心目中一向是北方①。当他写诗时，仿佛他永远身居遥远的南方某地。更何况《片段》写于鲍尔金诺（1830 年 10 月 14 日）。

　　在《奥涅金》第一章（1823 年）中，诗人是那么泰然地准备把彼得堡换成意大利，忽然一种悲惨的冲动（1830 年），又迫使他放弃那一梦寐以求的理想，那么在这二者之间究竟发生了什么事呢？

　　直到现在，我们也不清楚那五位被处死的十二月党人埋葬的地点。大家都认为雷列耶夫的遗孀原是确切知道坟墓的所在地的。那就是戈洛代岛，也就是瓦西里耶夫岛的北端。一条狭窄的小河斯莫连卡把戈洛代从大岛上割开。在沙皇尼古拉当权的时代还多少能够听到一点可靠的传说，这些传说必然是在处刑之后马上出现的。

---

① 参阅描写彼得堡贵妇人的诗《啊，北方的妻子们》。——原注

对十二月党人的思念，也就是对他们的命运和他们的结局的思念，一直萦绕在普希金的心头。从他的诗中可以看出他是如何思念他们中间活下来的人（见普希金的通信《寄语》《在人间幽暗的地牢里！》）。现在我们略微详尽地分析一下他对待死者的态度。

他第一次提到他们是在《奥涅金》的第六章中——那时普希金刚刚得知所发生的惨案（即1826年7月26日），他马上就把这事写入诗中。第六章完成于1826年8月10日。诗中雷列耶夫的名字和库图佐夫与纳尔逊的名字并列在一起。连斯基可能"像雷列耶夫那样被绞死"，然后在《波尔塔瓦》（1828年）草稿上出现了几座绞刑架。1829年3月8日，普希金在波尔托拉茨基家中把华特·司各特的《艾凡赫》一书赠给了亚·亚·拉敏斯基（与《奥涅金》第十章的引句一起），书中也画了几座绞刑架。《奥涅金》（1830年）是以"有的已成鬼魂，有的远在天涯……"这样的话结束的。普希金不必去回忆：他从来没有把他们忘记，不论他们在世时，或者已经死去。

我不认为他们的葬身之地与他漠然无关。

我们从伊·彼·利普兰季的回忆中，知道普希金曾如何寻找马泽帕①的坟，怎么向一百三十五岁的哥萨克伊斯克拉打听它的

----

① 马泽帕（1644—1709），乌克兰首领，力图使乌克兰脱离俄罗斯。北方战争时期（1700—1721）倒向入侵乌克兰的瑞典人一方。波尔塔瓦战役（1709）后同查理十二世一起逃跑。

所在地，而伊斯克拉"却未能把心爱的坟墓或埋葬之地指给他看"。普希金"并未就此罢休……他继续查问，是否还有跟他年龄相差无几的老人"。从《波尔塔瓦》的文字中，我们知道他因没能找到它（"他乡游人常来这里凭吊，将军的坟墓已无处寻找"）而感到多么惋惜。普希金谈到圣赫勒拿岛上拿破仑的墓，谈到卡赞教堂里库图佐夫的墓。至于谈到被处决的科丘别伊①和伊斯克拉②的墓，我们就此事还得提及普希金的看法，他总是让尼古拉一世以他的伟大曾祖彼得一世为范例。每个读者都可以轻而易举地回想起"请在各方面向祖先学习"（《四行诗节》，1826 年）。于是我们在普希金为《波尔塔瓦》做的注释中读到这样的话：

> 伊斯克拉和科丘别伊的无首尸体，由家属领去，葬于基辅修道院；墓上刻有下列铭文：
>
> "……1708 年 7 月 15 日，高贵的瓦西里·科丘别伊，总司书；伊万·伊斯克拉，波尔塔瓦上校，于白拉雅教堂近郊波尔沙高夫佐与科夫舍沃两村间之刑场被斩首。7 月 17 日，他们的尸体运到基辅，同日下葬于圣洞天修道院。"

---

① 科丘别伊（1640—1708），总司书，第聂伯河东岸乌克兰地区的首席法官。他把马泽帕背叛的消息报告给彼得一世，被马泽帕处决。
② 伊斯克拉（？—1708），波尔塔瓦哈萨克团上校。他向俄国当局报告了科丘别伊关于马泽帕叛变的情报，被引渡给马泽帕并予以处决。

普希金引证这段话的目的，无疑是想辛酸地谴责尼古拉一世，说他不仅没有把处死的十二月党人的尸体交给家属，而且还下令把他们埋在荒野某处。

而在那里，即在《波尔塔瓦》中，他写道：

> 但是两个受难者安息的坟墓
>
> 现在依然完整：
>
> 在古老忠贞的坟墓之间
>
> 有一座教堂安然地接纳了他们。①

这些话写在《波尔塔瓦》里，草稿上乱涂了五个绞刑架画。普希金有意引证一些确凿的材料，当尸体交还给家属时，他再次提醒沙皇，在类似的情况下一般的做法："教堂安然地接纳了他们。"且不说这不是一般的教堂，而是东正教的中心和俄国最了不起的圣地，每年有几十万人不远千里来此膜拜。我再提一下，普希金讲的是刚刚处死的国事犯的尸体。

附带说一下，写下这句话的诗人，两年之后，他和《有时

---

① 普希金没有忘记友人们种植的一排橡树：

　　　到如今橡树还对子孙们

　　　讲述他们被杀害的先祖。

普希金这是在提醒今天的科丘别伊们，他们不妨以如此惨死的祖先们为骄傲。

——原注

候，当往事的回忆》片段几乎一起用庄丽的词句表明了对坟墓的崇敬，它和作者往日的作品一样，不容更改：

有两种感情对我们亲近异常，

心灵从其中汲取营养①：

一是对祖宅的爱恋，

一是对祖坟的情长，

生命力汹涌澎湃的圣堂！

大地没有它们

死得和荒原一样，

又如祭坛没有崇拜的偶像。

1830 年

伊兹麦伊洛夫谈到普希金对待墓地的态度时，只提靠近庄园的祖坟（此处还可以加上《旅途的怨言》一诗：

不是在世代的巢穴里，也不是在祖先埋葬的坟

场……

---

① 见草稿《心灵的营养寻找秘方》。

这话说得当然有理。可是当达吉亚娜说，她为了

> 那座简陋的坟墓
>
> 在那儿，一个十字架，一片阴凉，
>
> 如今正覆盖着我可怜的奶娘……①

而准备献出一切时，当冬妮亚来到驿站长的坟前，当玛丽亚·伊万诺夫娜离开要塞来到葬于教堂中的双亲的墓前（他们是普加乔夫的牺牲者?!）辞行时，这已经不是祖坟了。普希金这时把自己最深沉的思想感情都献给了自己的意中人。

普希金百分之百地赞成古希腊罗马关于祖坟是国家财宝、是感恩神明的这种崇高的宗教观念（参见索福克勒斯，《俄狄浦斯在科洛诺斯》）。

从那首谜一般的片段《有时候，当往事的回忆》中，我们知道普希金回避一种谈话，即话题涉及他珍视至极的事物，而且谈话人又以不应有的态度在议论。他用"上流社会"也就是"社交界"这一词，说明谈及的并非他个人的私事，因为在社交场合，

---

① 达吉亚娜回忆的恰恰不是父亲的墓（上帝的奴仆，季米特里·拉林族长），而是奶娘简陋的十字架。也许作者本人在哀叹自己的阿里娜·罗吉翁诺夫娜，她被埋葬在欧赫塔墓地，如同《科洛姆纳的一座小房》中的厨娘（"把灵柩运往欧赫塔"）。

　　请再参阅 1829 年的一段神秘的记载："我拜谒了你的坟墓——可是那儿地方狭窄：死人分散了我的注意力……

如果当事人在场，那就不会议论这些事的。诗人决心逃避，但不是逃往随便一个地方去，甚至不是逃往他所向往的意大利，而是逃往密林覆盖的北方的一个小岛上去，那个地方和他三年后"为了上帝"埋葬了自己的叶甫盖尼·叶泽尔斯基的地方一模一样。

《叶甫盖尼·奥涅金》第十章中遗留给我们的一些诗句中，谈及了十二月党人的事——评价了这一运动的参加者们。《奥涅金》中的转折，从一个场景变换为另一个场景，是有机的：对连斯基的嘲讽几乎伴随他一生，直到生命的最后一刻，但普希金以非凡的力量和悲痛为他哭诉，在第七章中又重提此事。在没有收入的第六章的诗句中（1826 年），普希金把他看成是枢密院广场上起义的可能参加者，"或是像雷列耶夫那样被绞死"。我们可以相信，他们的坟墓在那里也不会被人遗忘。

罗森公爵①在自己的回忆录中记述了他如何骑马来到海滩上，寻找那五位被处死的朋友的坟墓。普希金三次描写那个地方（《小屋》，1829 年；片段《有时候，当往事的回忆》，1830 年；《铜骑士》），对那个地方所流露出来的悲伤的关注，使我们可以设想他也在涅瓦海滩上寻找过那没有姓名的坟墓。

"结婚。——跟谁？……——跟薇拉·恰茨卡娅"曾一度被视为独立的短诗，直到塔·格·恰夫洛夫斯卡娅（塞格尔）考证

---

① 罗森公爵（1800—1860），诗人、剧作家、文艺批评家。他于 1829 年初与普希金相识，就文学问题来往较多。他曾把普希金的其他作品译成德文，还撰写了有关普希金的回忆录。

出那是《奥涅金》中的诗节。我们根据这一情况可以认定那涂改得一塌糊涂的手稿也可能是《奥涅金》中的诗节。片段中下例几行诗句，也属于这种诗节，它几乎已经定稿了：

> 我经常梦见飞往
>
> 寒冷的北国的波涛。
>
> 越过一片翻腾的白浪，
>
> 我看见一个裸露的小岛。
>
> 啊，凄凉的海岛——在荒蛮的岸边
>
> 丛生着严冬的越橘，
>
> 它布满了枯萎的苔藓，
>
> 受着寒冷的泡沫冲洗。

我相信，说这个片段是按《奥涅金》诗节的全部规则写成的，谁也不会就此进行争论。最后四行，他用交错韵（abab）代替了奥涅金中的环抱韵（abba）。但，这是改来改去的草稿，我们不知道，普希金后来用它写成了什么。最初，对这个片段没有进行任何推敲，而且还把 1827 年写的一首完成的诗（《谁知道这个地方》）插入其中。

普希金在《波尔塔瓦》草稿中，在绞刑架的上面写道："我也有可能像个侍从小丑吊在这里"，而在致乌沙科娃的诗中——

"假如我被绞死，您可会为我叹息？"（1827 年）①，仿佛把自己也列入十二月十四日被杀害的人们中间了。他觉得，涅瓦海滩上的无名的坟墓，几乎就是他本人的坟墓：

　　风雨交加的天气将把我那不结实的小船卷到那里。

1963 年 1 月 23 日　莫斯科

---

① 两年以后，他在致波尔托拉茨卡娅的诗中写道：
　　假如上帝把我们赦免，
　　假如我居然没被绞死……

——原注

普希金殉难记①

前言

说来也怪，我本来认为自己是主张普希金家庭悲剧题材不应进行讨论的行列中的人。对此事缄口不谈，我们无疑满足了诗人的愿望。

---

① 《普希金殉难记》是阿赫玛托娃20世纪50年代末60年代初撰写的几篇有关普希金生平的文章之一。

普希金生前曾要求对他的家事不要过多地追寻，然而阿赫玛托娃发现社会上流传着诸多谬误，便做了大量的调查，研究了普希金逝世后发表的众多新材料，写了几篇文章，以正视听。《普希金殉难记》一文涉及的是决斗双方的有关人士，主要是普希金和丹特士，以及围绕在他们周围的一些人的言论和行为。

丹特士那一方当时有其义父荷兰驻彼得堡公使赫克伦、几个贵族沙龙的活跃人物、近卫军骑兵团中的名门子弟和富贵军官以及卡拉姆津一维亚泽姆斯基伙帮中的一些青年，而普希金一方只有他孤家寡人和为数不多的亲朋好友。

文章中很多地方向研究普希金的专家——《普希金的决斗与死亡》一书的作者谢戈廖夫——提出了不同见解。

文中除阿赫玛托娃的原注、俄文版编辑的注释之外，为了使我国读者易于了解有关人物与事件，又增加了一些译者的注解。

由于人物较多，关系复杂，尤其俄罗斯人的人名姓氏与我国的称谓有诸多不同，故译文中对普希金的夫人及她的两个姐姐的名字作了一些简化：（转下页）

可是讲了上述情况之后，我还是要涉猎这一题材，因为关于这一题材已写了那么多粗鲁不堪和恶意重重的假话，而且读者们又那么心甘情愿地相信这些谎言，甚至还怀着感激之情接受波列季卡毒蛇般的嘶嘶叫、特鲁别茨科伊①的胡说八道以及阿拉波娃②娇滴滴的虚假作秀，所以我不得不这么做。现在，既然大量资料重见天日，就可以拆穿这些假话，我们应当完成这项工作。

1958 年 8 月 26 日

一

荷兰外交官赫克伦男爵③既不是塔列兰④也不是梅特涅⑤。

（接上页）普希金的夫人全名是"纳塔利娅·尼古拉耶夫娜·冈察罗娃（后随第二个丈夫改姓兰斯卡娅）"，为了我国读者的方便只用了"纳塔利娅"；

她的大姐叶卡捷琳娜·尼古拉耶夫娜·冈察罗娃（后随丈夫姓丹特士），只用了"卡捷林娜"。

她的二姐亚历山德林娜·尼古拉耶夫娜·冈察罗娃（后随丈夫姓弗里江格夫），只用了"亚历山德林娜"；

其他人的姓名也在译文中有的地方作了缩减。

① 特鲁别茨科伊有几个大家族，亲属中很多人都与普希金熟悉。

② 阿拉波娃是纳塔利娅和她的第二个丈夫兰斯科伊的女儿。

③ 赫克伦（1791—1888）男爵，荷兰外交官，自 1823 年起任荷兰驻彼得堡的代办，1826 年成为驻俄国宫廷的公使。大约在 1830 年，普希金与他相识，但没有深交。赫克伦在德国认识了丹特士，帮助他来到俄罗斯，1836 年收他为义子。赫克伦在丹特士与普希金夫人的交往上起了恶劣的作用。丹特士和普希金决斗后，1837 年 4 月，赫克伦不得不离开彼得堡和俄国。

④ 塔列兰（1773—1838），法国外交家，是个权变多诈、毫无原则的政客。

⑤ 梅特涅（1773—1859），奥地利政府首脑，他在奥地利帝国建立了警察镇压制度。

显然，他干不了大事，但用我们现代文学语言来说，搞"钩心斗角的事"，赫克伦却得心应手，而且我们看到他是无可指摘地完成了构想的把戏。这种把戏对后代人来说无疑是纸糊的房子，一口气即可吹倒。因为相互诋毁的证据不断出现，秘密会成为现实。普希金有一个危险的、老练的仇敌，对此普希金心中一清二楚。

同时代人觉得丹特士①在赫克伦手中只不过是个玩具。我不这么认为。最初，当他热恋纳塔利娅·尼古拉耶夫娜②时，说不定他还在欺骗赫克伦（请看 1836 年第二封信，他写道，当他得知纳塔利娅爱慕他时，那时他对她只有敬重③。这大概是针对赫克伦的第一次警告——"你要清醒过来！"或类似的一句话——的回应）。同样的想法他也想灌输给亚历山大·卡拉姆津④。总

① 丹特士是赫克伦男爵的义子。他 1833 年 9 月来到俄国，翌年与普希金相识。丹特士很快进入彼得堡上流社会，并为皇室所接纳。1835 年后半年公开追求普希金的夫人，流言盛传。他写信告诉义父自己追求普希金夫人的经历。1836 年 11 月 4 日，普希金收到匿名信后，与丹特士的矛盾尖锐化。无奈中，丹特士不得不与纳塔利娅的姐姐结婚（1837 年 1 月 10 日），缓和了他们的关系。然而丹特士对普希金夫人的态度仍然卑劣，导致普希金与丹特士的决斗。决斗后，丹特士被降为士兵，并于 1837 年 3 月 19 日被驱逐出俄国。卡捷林娜随他出国。后来，丹特士在法国以政治活动家的身份出现，在帝国时代甚至成为法国国会议员。
② 即普希金的夫人冈察罗娃（1812—1863）。
③ 1836 年 2 月 14 日，丹特士写信给赫克伦说："我向您保证，我对她的爱，从今天起有所增加，但与前不同：我敬重她，景仰她，整个生命似乎都与她息息相关。"——俄文版编者注（以下简称俄注）
④ 亚历山大·卡拉姆津（1815—1888），近卫军骑兵团准尉，在他父母家中与普希金有过来往（1816—1837），对诗人满怀好感。

之，在这场游戏中，丹特士扮演的是隐瞒缺点的角色——他应当迷人，由于他仪表堂堂，确实做到了这一点（见安德烈·卡拉姆津①寄自国外的信中所写的场面——丹特士在公园里投向他，丹特士在哭，等等）。

赫克伦的第二个牺牲品是纳塔利娅。她被打扮成传播普希金策略屡遭失败的信使。（普希金认为这正是她对他信任的行为，并为此而感到自豪。）

遗憾的是我们知道纳塔利娅把自己的任务完成得不错（见菲克里蒙的日记②）。赫克伦正是利用纳塔利娅对他义子的忘乎所以的热爱而实现了这一计划。接近这一角色的是苏菲娅·卡拉姆津娜③，这一点从她写给自己弟弟的信中有所透露。对她来说，丹特士永远是正确的。

这位公使出于同一原因从卡捷林娜④那里把一切情报都弄到了手，而卡捷林娜轻率地摈弃了顶替她母亲的那位姨妈扎格里亚日斯卡娅的意见（她信中提到姨妈扎格里亚日斯卡娅时说，赫克伦称扎格里亚日斯卡娅是个让人讨厌的女人），所以到法国后，

---

① 安德烈·卡拉姆津（1814—1854）是亚历山大·卡拉姆津的哥哥。

② 达丽娅·菲克里蒙（1804—1863），伯爵夫人，蒂根豪森的女儿，库图佐夫的孙女。她在1837年1月29日的日记中写道："他（普希金）对她无限信任，尤其是她事事都告诉他，并转述了丹特士的话——她太不谨慎了。"——俄注

③ 苏菲娅·尼古拉耶夫娜·卡拉姆津娜（1802—1856），尼古拉·卡拉姆津头婚的女儿。

④ 普希金夫人的大姐，后嫁给丹特士。

她立刻偷偷地改信天主教。

我们前不久才知道丹特士有个欢乐的伙帮，其所有成员，都尽了自己的所能。从卡拉姆津家族之间的通信中反映出他们的活动（而谢戈廖夫因找不到这些材料而大动肝火）。归根到底，他们首先是谴责普希金，把他说成是美女身旁的年老衰败的、妒忌心强的丈夫，是个性格无法容忍的人，等等；其次，他们毫无疑问把普希金家中所有的事都通过自己的头目报告给荷兰公使。所以有人还事先警告两位男爵说普希金准备在拉祖莫夫斯卡娅伯爵夫人①的舞会上对他们大打出手，就毫不奇怪了，甚至在普希金逝世后他们仍然坚持这种看法②。

赫克伦肯定把近卫军骑兵团的成员们动员起来了（当然不能没有丹特士的协助），这样一来，丹特士的事件变成了骑兵团的荣誉问题。（有关丹特士是"正确"的看法流传甚广，甚至丘特切夫把这事还写进自己的诗中（《他或正确或有错》。）

普希金逝世后，从赫克伦那里立刻传出流言，说普希金是某一秘密革命组织的首领。这样做是为了恐吓尼古拉一世和本

---

① 玛丽娅·格里戈里耶夫娜·拉祖莫夫斯卡娅（1772—1862）原是公爵夫人（第一个丈夫是戈利岑公爵），后改嫁拉祖莫夫斯基少将（1757—1818）。

② 参见丹特士被监禁后写给军事首席法官的信。现在就不难解释伊·图格涅夫在日记（1836年12月19日）中神秘的记录了：昨天在梅谢尔斯卡娅公爵夫人（卡拉姆津娜）的晚会上，大家都因为普希金的妻子而攻击他，我替他说情。苏菲娅·尼古拉耶夫娜对我讲了几句恭维的话。这就是背着普希金在他的"朋友们"家中发生的事（大概这类事常有发生）。——阿注

肯多夫①，看来他达到了目的，后果就是普希金的葬礼是秘密举行的，葬礼上宪兵的人数比朋友还多（见阿·伊·图格涅夫的日记）。

然而赫克伦还嫌这一切不够。当乔治·丹特士在彼得堡仕途遭挫后，他仍想要保证义子衣锦还乡，返回欧洲。因此他继续大谈丹特士的高贵品质，说他时时刻刻都没有动摇挽救普希金夫人好名声的决心，并以婚娶她那位并不俊美的姐姐来永远扼制自己。这时就出现了纸糊的房子：公使忙忙碌碌侍弄卡捷林娜，如同慈父对待女儿，以惊人的优雅给她收拾房间，为她排忧解闷，写信给乔治谈她的健康和情绪。他实实在在地背叛了自己的儿媳，因为他还说过乔治·丹特士为了卫护普希金夫人的荣誉而献出了自己美好的生活。公使要把她（作为最后一个冒险的女人）告上法庭，并要她发誓说她先诱惑了未婚夫，而后又诱惑了自己的妹夫，而他，公使，曾警告过她要远离深渊，而且在语言上本应侮辱她。此事为两位高高在上的贵妇人所知晓，因为公使每天和她们交流自己的忧虑。据皇家宫廷司仪官的夫人及叶卡捷琳娜二世的孙媳即博布林斯卡娅伯爵夫人的"诡秘记录"：这两位贵妇人之一是涅谢尔罗德伯爵夫人，另一位是苏菲·B. 伯爵夫人。有趣的是这两位贵妇人都是彼得堡很有影响的沙龙的女主人。

（1837 年 3 月 1 日）信是写给涅谢尔罗德的，那时赫克伦（按维

---

① 亚·赫·本肯多夫（1783—1844），伯爵，1826 年起成为宪兵头子和第三厅厅长。沙皇尼古拉一世正是通过他与普希金进行联系。本肯多夫对普希金一直看法不佳。

亚泽姆斯基的说法）整天泡在涅谢尔罗德家中，伯爵夫人一再安慰他，那么这封信应该具有另一种书信性质，是收信人和发信人在一起拼凑的东西，以便让第三者看见。那位第三者就是尼古拉一世。

也许有人会感兴趣的是三年后（1840 年 12 月 28 日），同一个涅谢尔罗德写信给迈恩多夫："赫克伦什么事都干得出来，这个人既缺乏人格也没有良心；总之，他无权受到尊重，我们社交界也无法容忍这个人。"

二

无论是茹科夫斯基给本肯多夫的信中说丹特士是个"轻佻而又包藏祸心的贪淫好色的家伙"也好，还是维亚泽姆斯基向穆辛娜-普希金娜①写过类似的话也罢，更重要的是普希金本人把丹特士的行为说成是马术表演（见挑战书草稿），都不相信丹特士的恋情②。只有纳塔利娅和上层社会的贵妇人们相信他的爱，说

---

① 埃·穆辛娜-普希金娜（1810—1846），伯爵夫人，是位美女，同代人常拿她与普希金夫人的美貌相比。

② 我绝不肯定丹特士从未爱过纳塔利娅。从 1836 年 1 月起，他爱上了她，直到秋天。他在第二封信中还称她是个"傻丫头"，说她很单纯。到了夏天，他的爱情给特鲁别茨科伊的印象已经不太深了。当丹特士认为她可能导致他飞黄腾达的事业毁灭时，他立刻清醒过来，变得谨小慎微，在和索洛古布交谈时称她为喜欢装模作样的女人和糊涂女人、傻姑娘，并根据公使的要求给她写了一封信，信中要摆脱她，最后大概甚至蔑视她，对待她极其粗野。决斗之后，他的行为没有流露出丝毫忏悔之意。——阿注

来也奇怪，这竟使后代子孙足以原封不动地相信这一传说。其所以能够如此，因为这样更有趣味。我们感到羞耻的是老赫克伦不仅在普希金生前为此扬扬得意，而且他至今还为自己外交上的胜利而沾沾自喜。我们不必为赫克伦在世时的胜利而奇怪，这条在外事活动上干尽各种阴谋勾当的老狐狸甚至能顺利地掩埋全部罪迹，可是俄国社会居然没能揭穿"舞会王子"丹特士的罪行，使这个贪图虚名的微不足道的冒险家害死了一个伟大的生命，而且一百二十年来这事一直在重演，这位形迹可疑的公爵的胡说八道居然能在舞台上演出，甚至拍成电影?! 有关丹特士多年的、崇高的爱情传说来自纳塔利娅（1836年11月的一封信中说，长达两年之久）。那么说，乔治·丹特士从1834年秋季起就眷恋纳塔利娅并忠于她？但是，现在我们手上有丹特士1836年1月15日的信，他在信中作为最新消息告诉公使说他爱上了一位贵妇人，她的丈夫妒忌心让人无法忍受（也就说，那时纳塔利娅已经因普希金的嫉妒而向丹特士诉苦）。按谢戈廖夫的说法，一切都让人糊涂。按普希金的性格，他怎能容忍自己的妻子在两年之中，甚至在三年之中的移情，当然还有上流社会的流言蜚语？如今，一切都回归原位：1836年1月，丹特士爱上了贵妇人，2月份向贵妇人作了表白，得到贵妇人众所周知的回答①。那时她已经怀孕六个月（5月23日为普希金生下

---

① 也就是说她爱他，从来没有这样爱过，希望他也能爱她，但她忠于天职，也就是像塔季扬娜那样作了回答。——阿注

最后一个女儿纳塔利娅）。估计，纳塔利娅最后两个月并未出现在上流社会中①，尤其是受难节星期六那一天，普希金的母亲逝世，家里有丧事②。普希金先是回米哈伊洛夫斯克村安葬母亲，然后去了莫斯科。诗人写给妻子的信心平气和（"你挺着大肚子怎么行动啊？……"）。纳塔利娅以高价租赁了多布罗沃利斯基的别墅，带着几个孩子搬了进去。科科和阿佳③开始和近卫军骑兵们骑马玩耍（"向自己的女骑手们鞠躬致敬"）——也就是说这时丹特士开始出现了。纳塔利娅分娩后，病了一个月。从7月起她又开始外出。也就是从这时起出现了流言蜚语（游览矿泉地、骑马遛弯，等等）。

过了一年，老赫克伦回来了，按普希金的说法，只有那时他才有可能把自己的夫人引见给丹特士本人。这个消息又来自纳塔利娅，又是不实际的。丹特士和纳塔利娅在2月里热热乎乎地互表爱情，那时公爵正在欧洲旅游并收养了丹特士为义子，至于那句把我儿子还给我④）证明的不是撮合二人私通，而近乎相反。

---

① 过去我曾这么认为，然而从卡拉姆津的通信中可以看出纳塔利娅在卡拉姆津家中和丹特士见过面，那家人都知道丹特士爱上了她。——阿注

② 7月9日，普希金写道："我在服丧，不外出。"——莫非那时纳塔利娅一人出门了，普希金为此遭到谴责？

③ "科科"即普希金夫人的大姐卡捷林娜的昵称；"阿佳"是二姐亚历山德林娜的昵称。

④ "您对她胡说些什么，把我儿子还给我。"摘自普希金1836年11月17—21日致赫克伦的信。——俄注

另外还有一点让人不太明白，为什么低级侍从普希金的夫人、彼得堡宫廷第一美女，在舞会上躲在角落里（守候我的妻子）①并允许荷兰公使对她讲些不愉快的事。（问题是丹特士10月间病了，纳塔利娅当然想知道他的病情。）

赫克伦马上而且彻底理解了普希金的行为，但如果他对这种行为有所不理解，别人就会立刻作些解释。

与普希金友好的两个家族（卡拉姆津一家和维亚泽姆斯基一家）的年轻人都支持乔治——皮肤白皙、头脑机灵的舞会王子。纳塔利娅也在这一伙年轻人当中，她心平气和地听信十九岁的低级侍从瓦卢耶夫——玛申卡·维亚泽姆斯卡娅的丈夫——这样的问题："您怎么能允许这种人如此跟您说话呢？"（指普希金而言！）

如此说来，赫克伦得悉普希金打算干的事。普希金想把丹特士描绘成胆小鬼和笑料。也许现代读者不能完全理解这个计划对丹特士的威胁。这事威胁他飞黄腾达的日子，会让他的美梦破产，因为近卫军军官，特别是近卫军骑兵团的成员，不能当众成为胆小鬼。那样的话，他只能提出退伍，变得一无所有。这事让赫克伦父子俩都难以容忍。应当是英雄而不是胆小鬼。于是公使便开始把自己的义子打扮成英雄的样子。为此丹特士在彼得堡各

---

① "您像个不要脸的老太婆躲在各处角落里，守候我的妻子，以便向她介绍您的儿子。"此话译自上述同一封信。——俄注

种舞会上必须佯装成不幸的样子，也就是在圆柱旁伫立，唉声叹气，用充满激情的目光环视周围，大声说什么："让上流社会对我作出判决吧。"（见梅尔德的日记①）

造谣者们实实在在地干了自己的事。只剩下普希金。必须让他知道丹特士并非乔治·唐丹之流，而是一位非常高贵的年轻人，为了心爱的女人不惜放弃自己的一切，没有片刻动摇，娶了她那位不漂亮的姐姐。但要把这一想法传给普希金并非易事。朋友们只能安慰焦躁不安的、满脸愁云的诗人，或者磕磕巴巴地让普希金和丹特士相互亲近起来，菲克里蒙伯爵夫人为此辛酸地责备他们（见她的日记）②。

仇人们不敢和普希金谈论这方面的问题，怕挨耳光或提出决斗（如当年和毛孩子索洛古布发生的事）③，于是赫克伦显然在自己

---

① 卡尔·卡尔洛维奇·梅尔德（1788—1834）是沙皇童年的老师，侍从将军，普希金认为他是位真诚善良的人。

　　这里引证的是他的女儿玛丽娅1837年1月22日的日记。日记中写到她在彼得堡一次舞会上暗中听到丹特士和一位中年夫人的谈话：

　　"请您向上流社会证明您能成为一位好丈夫……证明各种流言是没有根据的。"

　　"谢谢，让上流社会对我作出判决吧！"（见谢戈廖夫著）——俄注

② 菲克里蒙伯爵夫人在日记里写道："普希金既不想参加自己的大姨子的婚礼，也不想在婚后见到他们，可是共同的朋友，那些不太明智的人，总期望让他们和解，或使他们接近起来，几乎天天把他们凑合到一起。"

③ 1836年2月，普希金向二十二岁的弗·阿·索洛古布提出决斗，他在信中写道："您竟敢向我妻子说些有失体面的话，您还以对她说了一些毫无礼貌的话而自吹自擂。"（这是信的草稿）决斗没有举行。——俄注

的计划中把这一使命寄托在纳塔利娅身上。只有她能把公使的规劝和丹特士如何高贵的故事转告自己的丈夫，而她，正如我们所知，确实这样做了，于是她成了赫克伦的代理人。他们急需如此，以便涣散普希金的斗志并封住他的嘴。还有多尔戈鲁科夫——熊货（多尔戈鲁科夫在上流社会中的外号），也是一个代理人，他在普希金背后说他戴了绿帽子。后来又冒出一个人来，他可以开诚布公地与普希金交谈，他告诉诗人说赫克伦得胜了，还说丹特士的高贵品质的说法战胜了有关乔治·唐丹的传言，于是决斗发生了。说这种话的人是三山村的女邻居、普希金的老朋友弗列夫斯卡娅男爵夫人①，1837年初她来到彼得堡，因此纳塔利娅在普希金去世后责怪她，并不是因为她明知决斗而未采取应有的办法劝阻。关于决斗一事很多人都知道（维亚泽姆斯基、佩罗夫斯基……）还有"普希金的女友"亚历山德林娜②。我可以告诉很多崇拜这位夫人的人，多年以后亚历山德林娜在自己的日记里颇为感动地写道，她的姐夫丹特士（大概是从维也纳赫克伦那里）和纳塔利娅同一天从俄国来到她的别墅（在奥地利）。普希金的遗孀和杀害她丈夫的刽子手二人长时

---

① 叶·尼·弗列夫斯卡娅（1809—1883）是弗列夫斯基男爵的夫人，是普希金亲密的女友。普希金为她写过数首情诗。普希金告诉她自己即将与丹特士举行决斗的事。普希金与弗列夫斯卡娅有过很多通信，但她临终前让她女儿把普希金的信全部销毁。

② 亚历山德林娜·冈察罗娃（1811—1891），普希金夫人的二姐，1853年与奥地利使馆的官员古斯塔夫·弗里江格夫结婚，后与丈夫出国，死于斯洛伐克。普希金在家中只告诉过她自己于1837年1月26日给赫克伦写过信。

间地在花园中散步，好像和他已经和解。根据阿拉波娃的回忆记载，在兰斯科伊家中流传着丹特士伟大爱情的传说。这个爱情传说只能是靠纳塔利娅传播到了那里。

卡捷林娜的婚事促进了流言蜚语①（姐妹的关系，普希金的缺席婚礼……），弗列夫斯卡娅能向普希金讲出一大堆新闻。

于是，弗列夫斯卡娅干了一件命运注定不祥的转告。丹特士在上流社会成了英雄，既然丹特士是英雄——那么普希金就是狗熊了。普希金对此无法反驳，于是就发生了1月里的挑战。

我认为发出决斗挑战书的第二个原因，早已为人知晓，但被曲解了。多年后，尼古拉一世跟科尔夫②说：几乎在决斗前夕，他和纳塔利娅谈及她的家事，而后普希金似乎还向尼古拉一世表示感谢。大概皇帝陛下有所忘记，有所淡化，那次只是对低级侍从的妻子的一次例行警告，因为她成了造谣生事的原因。如果把这件事和普希金在日记中记录的关于年轻的苏沃洛娃（亚尔采娃）的事相比，很明显沙皇和纳塔利娅的谈话是无法忍受的最后一滴救命之水。也就是说，责任还在于尼古拉一世（尼古拉谈话

---

① 比如伊·图格涅夫（1月21日）的日记记录，说阿尔什阿克把11月决斗文件拿给他看。何必呢？那时一切看来已经顺利地结束了。

　　12月里随着婚事一切已经安稳下来以后，老赫克伦又牵动了自己的玩具线头："市内的谣言又开始了"（维亚泽姆斯基），"大家又开始谈论他的恋情"（尼·斯米尔诺夫）。

② 莫·安·科尔夫（1808—1876），男爵，尼古拉一世的亲信，普希金皇村中学的同学，二人关系一直冷漠。

的结果是：三天后是普希金最后的决斗）。

这就是说，按当时舞会上的规矩，冬宫低级侍从普希金的妻子的行为，表现有所不端①。尼古拉一世显然没有因为丹特士爱她而责备她，也没有召见丹特士，也没有因为他的作风（作为团长）②而批评他。

丹特士的举止都被颠倒了，普希金逝世后，开始查找灾难的原因时，才出现了有关丹特士种种不体面的作派的说法，而在这种情况下查找的办法又相当粗浅（比如，丹特士当众称卡捷林娜我的合法的女人，除了随便说说以外无所证明，而绝不是暗示某种"非法的女人"……）。

维亚泽姆斯基两次提到笼罩着这一事件的秘密阴影（1837年2月26日写给布尔加科夫③和写给穆辛娜-普希金娜的信），我提示一句，在给米哈伊尔·帕夫洛维奇的信中，他说普希金认为匿名信是赫克伦耍的鬼把戏，他至死都如此认为（那么说茹科夫斯基把普希金临终时曾提起赫克伦一事隐瞒起来了）。莫非维亚泽姆斯基认为普希金了解此事是没有解开的谜团？

普希金这一深信无疑的想法在决斗发生前起了不小的作用。

---

① 我们不仅从菲克里蒙伯爵夫人，而且还从维亚泽姆斯基在普希金逝世后写给纳塔利娅本人的书信中知道，她在上流社会中不善于自律（信未发表）。——阿注
② 根据有关材料记载，丹特士在部队任职时，多次受到处罚。
③ 亚·雅·布尔加科夫（1781—1863），莫斯科省长手下的一名重要官员，曾任莫斯科邮政局局长。普希金曾因邮局检查过他的信件而大为不满，让他夫人写信时小心一些。

出于这种想法，他和本肯多夫见了面。本肯多夫收到普希金的信，信中有一句谈到公使即是信件的作者，所以他立刻把诗人带进冬宫。普希金在那里向尼古拉一世说明自己的怀疑。对荷兰公使这么重要的人物进行控诉，万一拿不出证据，就意味着自己准备进单人囚室，或随机要信使去涅尔琴斯克服苦役。而我们知道，这次觐见之后，普希金没有遭受任何惩处或警告，而尼古拉一世（按戈根洛埃-基尔希别格①和斯米尔诺夫②的话）认为根据笔迹来判断，该诋毁文字的作者就是赫克伦。丹扎斯③对阿莫索夫说的也是如此。按图书管理写法的字母，未必能最终确定真伪，但不管怎么说，我们所知道的三种文件都不是赫克伦写的。然而，大概至少还有七个文件我们没能接触到，还有一种印刷的文字，根据它进行复写，那里只需填写两个人的姓名就够了。我提醒一下，赫克伦父子非常关心的是某一种开本的某一个文件。他们还担忧印刷品，所以普希金写信给本肯多夫说他是根据印刷品猜到的，这事并非偶然。如此一来，把普希金写给本肯多夫的信与外交官写给其义子的"诡秘的便条"比较一下，就可以看出两位公使在某一方面失算了，而普希金却抓到了把柄。于是在庆幸中普希金写就了 11 月份那封信。这个文件对我们这个题材如

---

① 戈根洛埃-基尔希别格（1788—1859），公爵，曾任符腾堡王国驻彼得堡大使。

② 尼·米·斯米尔诺夫（1808—1870），外交官，1822 年他和全家都与普希金相识，有来往。

③ 普希金的同学，普希金决斗时的证人。

此重要，因此不得不详细地谈一谈。

茹科夫斯基的《小故事》①。

任何人对这个小故事都没有给予应有的注意，茹科夫斯基的弦外之音讲述了决斗前的一段历史。大灰狼（丹特士）想吞掉牧羊人射手（普希金）心爱的小羊羔（纳塔利娅），同时他又在窥视其他的羊羔（科科、阿佳），而且还用舌头舔来舔去。丹特士被称作贪吃的狼②。接着，他如此描写了丹特士的婚事："嘴馋的家伙知道射手在守视他，且想把他打死（决斗）。大灰狼感到不舒服（丹特士胆怯了），便向牧羊人提出种种建议（娶卡捷林娜为妻），牧羊人表示同意。"然后描写普希金复仇的计划："（牧羊人心想）——我怎么才能把这个长尾巴的野东西置于死地呢……我把邻居们召集起来，把绳索套在狼身上。"③ 这时茹科夫斯基放弃了猪的角色，它本来应当用自己的哼哼声把狼诱出来，也就是把赫克伦父子引诱到普希金身边，当着在场的"邻居们"——即当着上流社会人士的面戳穿信件的炮制者（也许包括丹特士在

---

① 茹科夫斯基的《小故事》写在 11 月（11 月 14—15 日）的第五封信中，目的在于调解普希金与赫克伦父子之间的关系。——俄注

② 请比较一下茹科夫斯基在致本肯多夫的信中有关丹特士的评语："从另一方面来讲，他是个轻佻而又包藏祸心的贪淫好色的家伙。"——阿注

③ 茹科夫斯基写给普希金的信中说："我知道你准备干什么。"普希金的确想召集邻里们用绳索套住两个赫克伦，这种报复方法和拉耶夫斯基在敖德萨的"功绩"相比显得微乎其微，是沙皇禁止他这么做，而不是索洛古布所认为的是茹科夫斯基。——阿注

内，参看写给本肯多夫的信）。作了这种解释后，赫克伦便再不能在这里当特使了，而丹特士也当不了近卫军骑兵团军官了。

虽然普希金使尼古拉一世相信信件的作者就是公使①，但并没有使他接受破坏赫克伦信誉的全部计划。显然，沙皇禁止普希金把11月写的信寄给赫克伦并在彼得堡上流社会中揭穿他，而普希金在草稿上写道："决斗已不能满足我，不管它的结局如何。"也就是说，致丹特士于死地他还不解恨，他想让荷兰公使从担负的职务上滚蛋，在上流社会和两个宫廷面前戳穿他们是匿名信的作者而让他们无地自容。

到了1月，一切都反过来了：丹特士成了英雄，为挽救纳塔利娅的荣誉而不惜牺牲自己；公使受到尼古拉一世的庇护，并表示不揭穿他，徒留下一些无法证实的指控——放弃家室（当然不能小视此事）和滔滔不绝的谩骂，只能说明无可奈何的愤懑。

决斗原定于11月21日（早晨8时）举行。丹特士却在这一天正式求婚，普希金只好进行报复——戳穿作为匿名信的作者赫克伦。普希金认为自己已把小赫克伦惩治够了，让他和科科成亲。这时纳塔利娅向丈夫提供了足以使最有自控力的人发疯的诸

---

① 阿赫玛托娃在草稿中关于此事补写了一段："如果普希金能够向本肯多夫和尼古拉一世证明该文件出自荷兰公使（他无疑这么做了），但为什么在11月里没能向自己的妻子说明这一点？这是令人最不能理解的，也许是最可怕的，可怕的事当然已经发生过，但我们至今完全没有想到。"——俄注

多材料，那一天普希金写成可怕的信（致老赫克伦），他大概同时也给本肯多夫写了信（最初也是草稿）。写给赫克伦的信中附带提到写给本肯多夫的信。他当然没有向赫克伦解释自己是怎样猜出谁寄出的诽谤书，而只是炫耀自己的机智，并说诽谤书的捏造者太不注意预防办法。他向本肯多夫解释说那篇诽谤书出自一名外交官之手，而且是个外国人，等等。判断依据：一、用的纸张（是光滑的英国纸）；二、印刷方式；三、字体。第三种不算在内。印刷的文件在阿尔什阿克手中——只要抄一份就够了。至于纸张和印刷方式，可以通过纳塔利娅的表白流露出来，比如丹特士的某一手札是由她封上的。难怪赫克伦在他那"诡秘的便条"中向丹特士描述过印有诽谤文字的图章。至于丑陋的文件用的是多大开本的纸张和图章有什么图案，对于一个无缘无故的人来说有什么关系呢？

莫非因此第三厅才要调阅丹特士的笔迹？显然第三厅已经知道文件来自荷兰公使馆①。

如果1月份的信只是根据纳塔利娅提供的信息写就的，那么11月份的信中无疑可以感受到另外一个人的声音。匿名信里所涉

---

① 本肯多夫提到住在卡拉姆津家中的法国老师基博（可能是文件的作者），在发现欢乐的伙伴之后成为有趣的人。他也可能是*我的帅小伙子们*之一。宪兵队的长官显然知道卡拉姆津家中的法国人与丹特士有某种联系。总之，不管我们如何憎恶本肯多夫，也不应该忽略他对情况的掌握。谢戈廖夫嘲笑本肯多夫调阅丹特士的手迹完全是多此一举。这是在冬宫谈话（11月23日）的后果，是尼古拉一世相信了普希金的后果。——阿注

及的一切并非纳塔利娅所提供，她当然不会知道公使馆里在捏造有损于她名誉的文件。再有一点，普希金以拥有自己的信息而非常自豪，并对信息的可靠性坚信不疑。这事应当如此理解：赫克伦和丹特士交谈时另有一人在场，当着这个人的面决定进行决定性的打击——匿名信，然后这个人去见普希金，把一切都告诉了他，使他有可能败坏公使的名声，但，由于完全可以理解的原因，这个人大概不希望为人所知。写到这儿想起比勒公爵①讲的一件往事："19 世纪 40 年代，列夫·普希金②在奥多耶夫斯基家中第一次听到维耶利戈尔斯基③详尽地、引人入胜地讲述把他哥哥逼上决斗之路的经过。现在让我把当时听到的事公开发表还不适宜④。我只能告诉大家，后来成为物种宗谱学著名作家的彼·弗·多尔戈鲁科夫⑤在这里被点名列入那封令人气愤的暗中投下的信件的作者。"（《俄罗斯档案》杂志，1872 年，第一卷，204行）这里什么都提到了：即匿名信的作者绝非一个人，还有一些诡诈的唆使勾当，以及多尔戈鲁科夫的名字。

　　大约过了二十年之后（1860 年），奥多耶夫斯基本人关于多

---

① 比勒（1821—1896），档案专家、作家。
② 列夫·普希金（1805—1852），普希金的弟弟。
③ 米·克·维耶利戈尔斯基（1788—1856），国务活动家、作曲家，普希金的朋友，为普希金的诗配过乐曲。
④ 大概他讲的内容中尼古拉一世扮演了一个见不得人的角色：沙皇让普希金答应他不要采取任何行动，说他会有办法，其实他什么也没有做。——阿注
⑤ 阿赫玛托娃在自己的笔记中写道："彼得·多尔戈鲁科夫无疑与普希金本人相识，为什么他在证明自己无罪的信中根本不提此事？"——俄注

尔戈鲁科夫写道："这个一知半解的先生只会造谣，传送暗中投下的匿名信，他在这个领域大显身手。由于这些勾当发生了多次争吵、多家的灾难，除此之外还发生一件天大的损失，使俄国至今为其哭泣。"

我发现的这一不为人所知的著名引言，使其获得新的意义——也就是说奥多耶夫斯基知道确有传递匿名信的事。

因为维耶利戈尔斯基是收到文件的人之一，他从普希金那里显然得知并非所有文件都是一种字体。我们至今不知是哪种"卑鄙的挑拨"迫使普希金进行决斗。我们可以设想多尔戈鲁科夫耍了双重把戏。是不是他通知普希金并向他提供了11月份信的材料：关于赫克伦和丹特士的谈话，关于匿名信的计划，关于发送它的情况。如果认为这一切仅仅是普希金幻想出来的，那是不可思议的。他在写给本肯多夫的信中（我的帅小伙们——见11月的草稿）提到"两位赫克伦先生"，并说知道丹特士和诽谤文章有关。我想这就是多尔戈鲁科夫或赫克伦伙帮中的某一人所进行的"卑鄙的挑拨"。

进一步搜索资料证明多尔戈鲁科夫和丹特士欢乐的伙帮关系密切。维亚泽姆斯基写给妻子的信（1839年）说："熊贷多尔戈鲁科夫——是瓦卢耶夫的朋友"，瓦卢耶夫（维亚泽姆斯基的女婿）本人在出国前写给朋友们证明自己无罪的信中也自称熊贷，丹特士甚至还让他当见证人。

从另一方面来讲，同一位维亚泽姆斯基又强调熊贷与赫克伦伙帮的亲密关系，称熊贷是在荷兰公使周围转来转去的"卑鄙无耻之徒”中的年轻人之一。

1839年，多尔戈鲁科夫在洛巴诺夫-罗斯托夫斯基公爵和列夫·加加林公爵进行决斗中扮演了一个相当奇怪的角色。他建议决斗双方立下有关决斗的文件，他把这个文件收起来，看来是送给了警察局，因为参加决斗的人来到决斗现场时，宪兵们已在那里等候他们了。

否认熊货是诽谤文的作者的人们认为，诽谤文是在沃龙佐夫事件发生之后出现的（1861年），而当时已指出有加加林。对此，我的反对理由如下：1848年，也就是散布诽谤文十一年之后，和法国革命之后，恰达耶夫①在莫斯科收到一封署名卢伊·科拉尔多的信，他好像是法国著名的心理学家，他从巴黎来，而大家都知道那座城尽是各类狂人。他来到莫斯科，想为恰达耶夫治疗夸大妄想症。恰达耶夫的一些熟人也收到了类似的信件，让他们劝说恰达耶夫接受著名医生的好意，因为若能把他治好，科拉尔多就能进入大名鼎鼎的疯子德米特里耶夫-马蒙托夫的公馆。科拉尔多的信写得相当厚颜无耻。恰达耶夫立刻猜到该信的作者是熊货，于是当即写了一封相当机智的回信，大概是忘记发出②。我

---

① 彼·亚·恰达耶夫（1794—1856），俄国宗教哲学家。他在《哲学通讯》中对俄国历史（包括东正教、专制体制和农奴制度）持批判态度。由于发表第一封信（1836）被宣布为“狂人”。他在《狂人的辩护》（1837）一文中表达了对俄国未来的信心。

② 见《欧洲通信》，1871年第9期，第48—49页《米·日哈列夫关于恰达耶夫的〈回忆录〉的附件》。尼·伊·哈尔日耶夫让我注意这篇文章，为此特向他致以深深的谢意。——阿注

请读者注意下述情况：信是发给一批人的（牺牲者的一些友人）；德米特里耶夫-马蒙托夫在信中的角色相当于纳雷什金在1836年的诽谤文中的角色。那一个是戴绿帽子的人，这一个是赫赫有名的疯子。文件是同一个人写的，主意是同一个人出的，这个人就是彼得·弗拉基米罗维奇·多尔戈鲁科夫。这就相当于刑法中的所谓"手法一致"，无疑是确定被告有罪的绝对证据。

有关分送文件的缘由

荷兰公使大概想让丹特士离开纳塔利娅，所以他确信醋意极强的丈夫收到这样的信札以后，会立即把妻子从彼得堡带走，把她送到乡村母亲那里去（如1843年）——或别的地方去，那时一切就会烟消云散。因此，他把所有文件分别寄给了普希金的朋友们，而没有寄给那些不会转给诗人的宿敌们。只有一人例外。索洛古布的姑妈——瓦西里奇科娃。她不属于普希金圈里的人，但她是文件中所提到的纳雷什金的妹妹，正因此我的帅小伙们中有人能选中她。我们知道，普希金曾试图把纳塔利娅带到米哈伊洛夫斯克村去，不让她参加丹特士的婚礼，他写信把这事告诉了奥西波娃。他的女邻居回答说，漂亮的夫人可能不想到别处去（显然，正值忙碌的时期），谁会认为此事不当呢（1837年1月），另外她还加了一句："谁对此有坏的想法，谁就可鄙。"

不知道为什么，好像没人注意到普希金写给丹特士拒绝决斗的信具有完全特殊的原因。这是一位一家之主写的信，写给损害他应保护的年轻妇女的人，然后又在决斗的威胁下同意同这个女人的婚事。仅此而已。也许正因此，决斗者的证人们没有把这封信拿给丹特士看。从这时候开始，普希金有了复仇的初步计划，他要把丹特士描绘成一个胆小鬼。这封信有损于卡捷林娜的名声，所以卡捷林娜便成了普希金公开的仇人，这并不奇怪。

这里值得一提的是丹特士与卡捷林娜的婚事，普希金觉得实在可笑，却让老少两个赫克伦感到满意。

这时有关两位男爵的关系的真正性质的传闻已经持续不断（见荷兰公使同事们提供的证明材料），所以必须让乔治马上结婚①。名声既如斯，指望良好的结局已难以实现，迎娶一位富有的承包人的女儿为妻——同样等于向上爬事业的完结。

---

① "促使他收养一个青年人为义子、把自己的姓氏与财产继传给他，其中必有一个秘密。"见1837年2月2日—14日奥地利驻彼得堡公使菲克里蒙伯爵写给梅太尔尼赫公爵的报告（谢戈廖夫著作，375页）。

"2月7日，普希金给赫克伦写了一封信，信中说刚刚完成的婚事，一方面是阴谋勾当，为两个恶劣连在一起的坏蛋所玩弄的诡计；另一方面是他们毫无道德的懦弱表现。"摘自萨克森驻俄国宫廷公使柳采罗德1837年1月30日至2月11日的报告（谢戈廖夫著作，397页）。

女皇写给苏·亚·博布林斯卡娅的信中指出赫克伦收养丹特士为义子一事，宫廷对此并不满意。

阿·伊·图格涅夫非常明确地写到老少赫克伦之间病态的"血统"性质，他1837年8月4日至14日从吉西根写给彼·安·维亚泽姆斯基的信中提到有关他与公使夫人玛丽娅·帕甫洛夫娜（魏玛尔斯卡娅）谈话的内容说："她也听到了关于他（指丹特士）对赫克伦的态度，但N. N.没能解释其内容，所以对主要的事我只能守口如瓶。"——俄注

210

卡捷林娜是皇后的宫中女官，是权利无限的扎格里亚日斯卡娅和仪表堂堂的斯特罗加诺夫的侄女，结果再不好，也能满足两位男爵了。

但，更重要的是卡捷林娜狂热地爱上了丹特士，从第一天起就成了两位男爵手中的玩物。后来，到了法国，她立刻改信天主教。她无疑了解其中的奥妙，即乔治必须佯装爱恋她的妹妹（见决斗信的草稿："你们三个人都扮演了角色……最后成了赫克伦夫人。"）①。她毫无妒忌之意——别人向她作了解释。嫉妒的是纳塔利娅，她仍在傻乎乎地相信丹特士的伟大激情（见菲克里蒙的日记："她就心中这种变化的可能性和丈夫进行了争论，她珍惜这种爱情，也许仅仅是出于虚荣心"）。

看来应当相信茹科夫斯基，他一再说服和安慰普希金（11月里）："他（即赫克伦）向我提供了物质证据，说很早以前就考虑了这件事（婚姻）。"（同样可参见茹科夫斯基的关于猎手和狼的小故事）

扎格里亚日斯卡娅姨妈写信给茹科夫斯基，感谢他促成了卡捷林娜的婚事："这样，一切都结束了。"——这种说法对宫廷女

---

① 普希金在 1 月份的信稿中两次提到卡捷林娜·赫克伦-冈察罗娃是阴谋的同谋："你们三个人都扮演了角色……最后成了赫克伦夫人。"鲍·弗·卡扎斯基解释这句话时写道："普希金在控告信中不仅提到赫克伦和丹特士，还有卡捷林娜·冈察罗娃（扮演可怜的或卑鄙的角色）。是否可以理解成普希金在这里指出她或多或少地有意识地参与了阴谋勾当，或者不管已发生的事，仅仅是准备迎合赫克伦的意愿而嫁给丹特士？"——俄注

官出嫁，未必合适。

1837 年 2 月 26 日，维亚泽姆斯基写信给穆辛娜-普希金娜说："甚至在近处观察这段历史的人都深感围绕它的秘密太多了。"维亚泽姆斯基觉得自己是近处观察这段历史的人，他 1 月 15 日，即卡捷林娜婚后五天，给同一位埃米利·穆辛娜-普希金娜也是这么写的。1 月 14 日在巴兰特①公馆举行舞会："赫克伦夫人满脸春风，像是年轻了十岁，如同刚刚梳妆后的修女或者被骗来的新娘。我不瞒您说，她丈夫也跳了多场舞，喜笑颜开，他样子俊美，表情很帅，但毫无新婚的狂热。这就是这对夫妇在普希金提出决斗前十天给人留下的印象。"

当然，我们关心这封信，不是因为二十九岁的卡捷林娜由于喜事而给人以貌似十九岁的印象，仿佛她确确实实像个新娘（大概暗示她和丹特士婚前的关系），也不是描写丹特士的俊美和他身上缺乏新婚的狂热……这一切不外是上流社会那些能说会道的造谣人的庸俗客套而已。

这封信让我们感到惊奇的是那心平气和的腔调，加上维亚泽姆斯基百分之百的自信：认为一切都已恢复正常，不用担心任何事，主要的是没有任何秘密（"那么多的秘密"）。（与这封信完全合拍的是新郎丹特士的便条，便条里镇静欢乐的腔调让谢戈廖夫感到惊奇。）同一个维亚泽姆斯基说普希金生丹特士的气，因为

---

① 巴兰特（1785—1866），男爵，1835—1841 年任法国驻彼得堡大使。

他不再向他的妻子献殷勤。而茹科夫斯基大约在同一时期得知安德烈·卡拉姆津极力想猜透丹特士婚娶的秘密时却窃窃私笑①。（1月10日）傧相们从丹特士和卡捷林娜的婚礼上乘车去了卡拉姆津寓所（见阿·伊·图格涅夫的日记②）。那还用说嘛，从安德烈·卡拉姆津的书信中可以知道丹特士几乎把卡拉姆津的家视为自己的家。顺便提一下，有关决斗的结局，维亚泽姆斯基家派人不是去向普希金而是向丹特士打听，维亚泽姆斯基在一昼夜前即知道决斗一事，但他没采取任何措施以便营救自己的朋友，而公爵夫人寄往莫斯科的信中只说丹特士是个落在人头上的瓦片③，

----

① 1836 年 11 月 21 日，苏·尼·卡拉姆津娜给她弟弟的信中说："大家觉得奇怪，因为有关的信（指匿名诽谤信）只为少数人所知，说明这个婚姻仅仅是常事一桩。只有普希金自己那激动的表情、对见面的人迷惑的叫喊，还有打断丹特士的话，并在公共场合不理他，使大家怀疑和有所猜想。维亚泽姆斯基说'他为妻子感到委屈，因为丹特士不再向她献殷勤'。"卡拉姆津娜写给她弟弟的信中还说："……这像是一出不间断的喜剧，剧的意义谁也不明白；所以茹科夫斯基一边在巴登喝咖啡，一边嘲笑你想猜透它的努力。"——俄注

② 图格涅夫在 1 月 10 日的日记中写道："傧相们从婚礼来到梅谢尔斯卡娅-卡拉姆津娜公爵夫人寓所。"

　　亚历山大·卡拉姆津给弟弟安德烈的信中写道："一周前我们参加了埃凯恩男爵和冈察罗娃的婚礼。我是冈察罗娃的傧相。"——俄注

③ 惨剧发生后，薇·费·维亚泽姆斯卡娅寄往莫斯科的一封信中写道："27 日，星期三，下午 7 时半，我们收到赫克伦夫人回答我女儿的一张便条。今天早晨两位夫人见了面。她的丈夫说他将被拘捕。如果这事发生了，玛丽（即维亚泽姆斯卡娅的女儿——译注）向他夫人请求允许她去看望她。赫克伦夫人就我女儿的问题写道："我们的预感成真。我丈夫刚刚和普希金进行了决斗；谢天谢地，他的伤并不危险。可是普希金腰部中了弹。你去安慰一下纳塔利娅吧。"维亚泽姆斯卡娅在同一封信中写道："至于在这场不可避免的事件中 （转下页）

更可惜的是过了整整一个月，同一个维亚泽姆斯基给穆辛娜-普希金娜本人写的信中称丹特士获得完全胜利："那个在道义上杀他的人，以现实的杀手而告终。"

应当怎么理解这句可怕的话呢？维亚泽姆斯基说是道义上的杀害，当然，谁也不相信丹特士胆小怕事，大家都说他是用自己的联姻拯救了纳塔利娅。普希金对此无法容忍。这也正好说明普希金策略彻底的失败（他在道义上已被击毙）。

谢戈廖夫著述中说：1 月的信中根本没有留下可以确定赫克伦是该信作者的蛛丝马迹，其实并不然。有一句"我……只有在这种条件下……没有使您在我们的和你们的宫廷里当众丢人现眼，其实我有这个权利和意图"，在 11 月份的信中也有类似一句话，只是说法有些不同，这直接有可能戳穿赫克伦就是匿名信的作者。

如果普希金不再认为赫克伦是该文件的作者，那么这句话就不会出现在 1 月份的信里。

这样一来，捷涅夫根据维亚泽姆斯基公爵口述的有关 11 月 21

（接上页）的不可避免的英雄人物——由他自己去摆布吧。让我详细介绍他的情况太沉重了。为了自己不被打死，他打死了普希金，这是事实。但落在我们所珍惜的生命上的瓦片，不值得我去细心保留；我会从我的视线中把它扔掉。我们也这样做了。对于我来说，我不能去造访杀死我朋友的凶手，尤其是对他毫无兴趣。他受了轻伤；他娶了一个女人，谁也没有向他推荐（是他选中了她）；她被选中，或许至少是被他的义父所选中；他们富有，不怕法律严厉的惩罚，所以他们安然无事（替自己）。"见《新世界》杂志 1931 年第 12 期 189，193 页。——俄注

日信里的那段莫名其妙、混乱不堪的说法就可以找到根据了："在这之后（也就是宣布丹特士订婚之后），皇帝陛下在某处遇到普希金，让他答应，如果这事再度发生而事先又不告诉他，他是不会出面处理的①。因为普希金和陛下的联系是通过本肯多夫伯爵进行的，那么决斗前普希金写给本肯多夫伯爵那封著名的信，其实是写给皇帝的。可是普希金没有决心寄出。"（谢戈廖夫在《普希金的决斗与死亡》一书第一版中还认为这封信是写给涅谢尔罗德的）

谢戈廖夫应当引证这段文字，而不是引证和尼古拉·帕夫洛维奇的谈话。在这里，也只在这里，说明在丹特士订婚之后，尼古拉一世和普希金谈过话，并取得了普希金的诺言。1月27日，普希金在法国大使馆违背了这个诺言，当着两名证明人的面，即阿尔什阿克和丹扎斯，说文件的作者是赫克伦。1月26日普希金写道："真理比沙皇更有力。"（在致托利的信中）图格涅夫说他并没有把"真理埋在自己的心底"。②

----

① 弗列夫斯卡娅也写到这一点，她说当她在剧场里遇见普希金时，曾恳求普希金不要寄出决斗书，要怜惜自己的孩子们。普希金回答说："陛下会关照他们的，我的事他全知道。"普希金这样说显然是他已去过冬宫，是沙皇对他的说法的反应。尼古拉一世在写给妹妹的信中讲了所有的事实，如同根据普希金口述写的。他几次提到"那时"，指11月，即在冬宫的觐见。

② 2月1日，图格涅夫写信给亚·涅费季耶娃："昨天走进灵堂，听到诵经的人在亡者面前说的'你没有把真理埋在自己的心底'时，我大吃一惊。这句话正好概括了他死亡的奥妙和原因，也就是他所认为的真理，对他本人和他的心灵的怨恨，他没有埋在自己的心底，没有克制自己，而是用可怕的、威严的语句说给自己的仇敌之后——殉命！"——俄注

简短总结

　　总之，谢戈廖夫没有考虑到下述情况："风流韵事"只持续了一年的时间。5月前纳塔利娅怀孕，7月前卧床不起，老赫克伦到了5月才出现，1836年2月才作了表白，11月丹特士已经把纳塔利娅称作喜欢装模作样的女人、傻丫头。丹特士订婚以后，两个赫克伦就准备败坏纳塔利娅的名声。11月23日，普希金在冬宫里已向尼古拉一世证明赫克伦发出匿名信（或让人分发），沙皇让普希金应允缄口不提此事，这样一来就搅乱了他企图在彼得堡上流社会揭穿公使的企图。沙皇本来答应诗人此事由他本人来处理，整个12月普希金都耐心地期待，最后等来的是跟婚姻有关的更积极的造谣（"市内又开始流传各种议论"）。看来，尼古拉一世把他欺骗了，所以有关儿女的事他对弗列夫斯卡娅说："陛下会关照他们，我的事陛下全知道。"至于婚娶卡捷林娜一事，正合两个赫克伦的心意（而普希金并不了解此事），卡捷林娜参与了这个勾当，决斗之所以能发生，是因为赫克伦的说法占了上风，普希金看到自己的妻子，其实就是自己，在上流社会中遭到玷污。至于尼古拉一世就普希金妻子的行为提出的责备，是最后一个打击，与此时弗列夫斯卡娅有关揭穿彼得堡的流言蜚语相吻合。最初，普希金只想在拉祖莫夫斯卡娅举办的舞会上将两个赫克伦暴打一通，但有人事先通知了他们（在接近普希金的人

中也有他们的人——都是年轻人）。维亚泽姆斯基和卡拉姆津两
家人一直到最后都在接待丹特士。惨剧发生后，大家吓坏了，都
尽力为纳塔利娅开脱，只有她本人能在任何时候阻止这一切，但
她怎么也不相信丹特士已经不爱她了，还在嘲笑她。这期间普希
金是多么孤独，朋友们的行为又是何其软弱无力（维亚泽姆斯基
两封信），两个赫克伦的行为……他不是忍受不了，而是根本不
知全部内情。当他知道时，便发出决斗书。

附件

其他两种说法

……总之，这两种说法开始在彼得堡上流社会和附近的省份
"流传"。我们现在的任务是用比较准确的方式对这两种说法加以
概括，看看它们的作者们（普希金与赫克伦）是怎么让其出
笼的。

一、普希金的说法：厚颜无耻的毛孩子丹特士竟敢给纳塔利
娅写求爱的纸条并假装是伟大的激情，同时也不知道他是和纳塔
利娅的姐姐苟合了，还是没有苟合。于是，普希金作为一家之
主，向他提出决斗（11月），这时那个胆小鬼在手枪的枪筒下向
卡捷林娜求婚。看来，他在第一近卫军团待不下去了。他飞黄腾
达的想法也告吹了。

二、赫克伦的说法：性格浪漫、风度侠义的青年，对一个行

为不检点而对自己又有诱惑力的美女，心中有一股为凡人不太理解的敬重①的情感，为了挽救她的名誉便娶了她那并不美丽的姐姐，但那个女人还有些地方讨他喜欢。于是丹特士在各种舞会上的举止便成了直观教材，我们如今已经知道是在卡拉姆津公馆里。这种举止是绝对经过上流社会老练的外交官颠倒黑白和周密筹划形成的。连亚历山大·卡拉姆津都相信这种敬重。至于我们现在所知道的一切与此相反的事，都是需要解释灾难的原因时后来出现的，但问题在于赫克伦的说法本身就带有暗讽诗人的妻子的阴影。

后来（按我们的观点来说）最可怕的事发生了，而谢戈廖夫对此却不了解。赫克伦为了传播自己的说法，动用了骑兵团的全部人马和至少两个最好的沙龙。普希金像讲一篇完整的小说似的开始向那些愿意听的人大讲特讲自己的看法。作为回应，赫克伦从远方赞美毕恭毕敬的丹特士，顺便提及以其豪华和优雅震惊大家的年轻人的"窝"。卡拉姆津一家想把自家的美女嫁给丹特士（兄弟二人亲自当傧相，等等），同时又因普希金的妻子而斥责普希金（见图格涅夫的日记）。维亚泽姆斯基还说些俏皮话，挖苦普希金生丹特士的气是因为后者不再追求纳塔利娅，所以他写给穆辛娜-普希金娜的信中无忧无虑地描写新婚男女在法国大使巴

---

① 早在 1836 年 2 月，丹特士就想出来这种敬重（见他写给赫克伦的第二封信）。——阿注

兰特公馆参加舞会的情况。

茹科夫斯基根本推卸了责任。近卫军骑兵团成员们和沙龙的人都站在丹特士一边。诗人成了孤家寡人，当他和弗列夫斯卡娅谈话，以及挨了尼古拉一世训斥之后，他明白了，他的一切都结束了。

社会对普希金的态度

我一向坚信普希金的《我的家世》（1830 年）一诗对于那些准备和他生活在一起的人们起了不幸的作用。大家都知道，普希金生前未能发表（被尼古拉一世所禁止）的这首诗曾经广泛流传，并保留了几种他亲手改动的抄本。按普希金的想法，这首诗会得罪"新的显贵们"、18 世纪的宫廷女官们的后代，但普希金没有考虑到那时整个俄罗斯有权有势的上层人物多多少少都和新的贵族沾亲带故，他们都愿意和宫廷女官们的儿辈或孙辈结成亲家——所以普希金得罪了所有新贵。我不指望在某处找到能证实我的想法的依据。我想，妄自尊大的贵族们怎么也不会抱怨自己。事实大概也正如此，但和这些贵族有联系的人如此形容彼得堡上流社会对普希金的态度：

《答布尔加林》① 一诗中，普希金在反击贵族的责难时，有根据或无根据地攻击了俄国最高阶层的家族——这就成了普希金真

_____

① 即《我的家世》一诗。——阿注

正的罪行。他的仇敌地位越高、越富有，尤其和那些最有影响且为众多信徒所包围的家族联系越密切，他的罪行也就越大……这是普希金在世时一部分贵族（尤其是在政府占据显要地位的人）对普希金不怀好感的真正原因，这种恶感在普希金逝世后也没有消失（见《普希金散记》，符腾堡王国公使戈根洛埃-基尔希别格著，转引自谢戈廖夫文集391—392页）。

这段话是在普希金逝世后没几天写就的。可以想象得出上流社会怀着何其幸灾乐祸的心情注视着普希金夫人的恋爱进展情况，他们多么高兴地把这事变成赫克伦虚构的有关丹特士英雄行为的回声。莱蒙托夫在自己提供的材料中说："另外一些人，尤其是贵妇人们，替普希金的敌手辩驳，把他称为最高尚的人。"因此，在普希金殉难以后，赫克伦有关丹特士与卡捷林娜的婚事的说法仍然有效。

有关卡拉姆津家族的通信

我们（其实就是俄罗斯社会）对普希金周围的人的态度经久不变，而且似乎根本不需要重新考虑（文学研究界的因循守旧就在于此）。卡拉姆津家族人员的通信（1836—1837年）出现后，我们应当从根本上改变关于这个家族对普希金态度的看法。然而此事并未发生，普希金研究者们继续认为卡拉姆津家族是诗人的近友（见尼·弗·伊斯梅洛夫的《普希金的抒情组诗：研究与资料》，1958年，卷2）。甚至苏菲娅·尼古拉耶夫娜·卡拉姆津娜使人惊愕的发现，说普希金已经文思枯竭，而布尔加林是正确的（?!）[①]，也没能使研究人员重审自己的观点。甚至叶卡捷琳娜·卡拉姆津娜信中说她如何祝福临终的普希金也不能使我感动，因为她写信的目的是向儿子安德烈表述尼古拉一世对卡拉姆津一家要比对刚刚丧命的诗人好得多。我在这事上只看到极端的自私自利和灵魂的冷酷，还反映出卡拉姆津本人是多么恶劣地对待普希金。不应当忘记 1820 年由于《自由颂》和《致堂堂男子汉老友》[②] 两首诗而使卡拉姆津对待普希金冷漠起来，甚至恼羞成怒。至于诉苦说他们家族最好的友人去世了，不如说是诗人对他们态度崇高，而并非他们对他。他没有留下关于他们的这类信件！

＊　＊　＊　＊

从丹特士在押期间写给勃列维恩的信中，可以看出这个小集团（卡拉姆津-维亚泽姆斯基小集团）的青年人是怎样把丹特士所要了解的一切事都告诉了他。

普希金逝世后过了十八天，我们不寒而栗地得知玛申卡·瓦

[①] 1836 年 7 月 24 日，卡拉姆津娜给她弟弟安德烈写信说：“《现代人》第二版出版了。据说它平淡无味，其中没有一行普希金的话（布尔加林把他痛骂了一顿，而且骂得对，说他如同正午当空的太阳熄灭了。某一个布尔加林妄图把自己的毒素喷在普希金身上，说句实话，没有什么事更能刺伤他了!)。”
　　——阿注
[②]《自由颂》和《致堂堂男子汉老友》是讽刺沙皇和卡拉姆津的两首诗。卡拉姆津以此上告沙皇，普希金为此被流放到南方。

卢耶娃（维亚泽姆斯基的女儿）像是普希金的朋友似的，向普希金公开的敌人卡捷林娜·丹特士转述了普希金在她母亲——薇·费·维亚泽姆斯卡娅的沙龙说过的话："您要当心，您知道我这个人很凶，我总是随时会给别人带来不幸……"遗憾的是我们不能不相信丹特士的说法，因为他邀请两位瓦卢耶夫做他的见证人。

俄罗斯社会当时和现在（1962 年）像没有愈合的伤口感受到悲剧，没有向这位年轻女人暗示更大的矜持（她大概见到了棺椁中的普希金），那么就可以想象至 1 月 27 日前，两个赫克伦的情报工作做得何其好。至于普希金在 11 月写给公使的信①，赫克伦有更大的权利亲自写给他。而普希金（以及他的朋友们）根本不知道荷兰公使馆中发生的事。纳塔利娅的信息（也是赫克伦指示下写成的）是典型的虚假报道……

---

① 如果外交仅仅是要了解别人所干的事，并搅乱他们的计划，请你们让我说句公允的话，并承认诸条文都已被推翻。——阿注

亚历山德林娜[①]

1837 年 1 月，丹特士和卡捷林娜婚礼后过了几天，作为喜庆的延续，在斯特罗加诺夫伯爵（主婚人）官邸又举行了一次盛大的宴会。盛宴之后，荷兰公使走到普希金跟前，提议与他和解。普希金冷冰冰地回答说，他的家人不愿意和丹特士先生有任何来

[①] 关于此文的写作，阿赫玛托娃说：

"1962 年 3 月，亚·阿夫杰延科受新闻社委托对我进行过一次采访（在科马罗沃"创作之家"）。我说我写了一篇有关普希金殉难的文章。此外，我还有一章关于普希金夫人的二姐的文字，谈她在那场悲剧中扮演的角色。（我讲得含含糊糊，想在发表之前不向大家公开自己的见解，因为我的结论和众所周知的结论完全相反。）

"1963 年初，我向来访的《消息报》记者米·多尔戈波洛夫比较详细地介绍了我有关普希金的研究……我多次给别人（维诺格拉多夫、日尔蒙斯基、谢缅科、奥克斯曼……卡拉加诺娃等人）读过这篇文章，后者要求我把该文交给《新世界》杂志发表。巴萨拉耶夫要求给《星》杂志）。

"因此我觉得亚申关于此事所写的一切（见《星》杂志，8—9 期）特别奇怪。（引录文字）'我们现在都知道'这句话之后，我们等待他引证我文中的话，却没有。因此请允许我把存放在写字台里的《亚历山德林娜》一文公开出来，其中尤其有趣的不是事实，而是有些新的方法。

"至于有关欢乐的伙帮的作用，至今还没有人提及过。"——俄注

223

往。按当时的习俗，这是闻所未闻的丑闻①，必须想个办法及时补救。于是赫克伦就传播了早已准备好的谣言。这谣言就像是说："啊，你们不让我们进门，其实我们本来就不想去，因为你们家里已经闹得乌烟瘴气。"②

这就是后来说的有关普希金和亚历山德林娜想象中的恋情的出发点。当然造谣的人不能自己散布这种谎言，那样做未免太幼稚了，听者很容易发现它的源头。最好是让接近受害者的某人来做。在这种情况下便选中了苏菲娅·卡拉姆津娜。

苏菲娅一直处于丹特士明显的和不断的影响下。苏菲娅第一次在梅谢尔斯基公馆举行的聚会上（1月24日，星期日），也就是决斗的前三天，第一次发现这一"不能容忍的恋情"的迹象，

---

① 苏·尼·卡拉姆津娜在信中写道："他固执地声称，他永远不允许妻子……在自己的家中接待出嫁的大姐。"又说，普希金这一决定"会让全市的人谈论不止"（见《卡拉姆津家族1836—1837年书信中的普希金》一书，苏联科学出版社，1960年版）。更重要的是普希金在决斗书中强调拒绝他们来家一事，仿佛这也是寄出决斗书的原因。值得注意的是在11月份的信中没有提及此事，但11月里普希金使赫克伦真正胆战心惊了：他威胁公使将揭穿他是匿名信的作者。沙皇禁止普希金谈及信件一事，于是在决斗书上用拒绝进家（代替了这一威胁）。——阿注

② 见1837年1月30日赫克伦写给维尔斯托克男爵的信："我们尽量回避探访普希金先生的家（荷兰公使写道，在那个1月里他已两次被拒之门外——阿注），因为我们太了解他那阴暗的报复的性格。"（见谢戈廖夫著《普希金的决斗与死亡》一书，国家出版社1928年版。）

　．我请大家注意一下，丹特士的亲孙子梅特曼撰写的丹特士传中，这一局面被淡化了："婚后，两家的关系虽然有些冷淡，但还算得体。"（见谢戈廖夫著）——阿注

另外从前后关系判断亚历山德林娜爱的仍然是那个丹特士，所以普希金嫉妒的不是纳塔利娅，而是他的妻姐。

我们从 1837 年 1 月 27 日的信中惊奇地读到："星期天在卡特琳（即叶·尼·梅谢尔斯卡娅——阿注）家中举办了一次不跳舞的盛大聚会：普希金夫妇、赫克伦父子（为了讨好上流社会的需要，他们继续出演多愁善感的滑稽戏。普希金咬牙切齿、虎视眈眈；纳塔利娅眼帘下垂，她的面颊在自己的姐夫长时间热烈的注视下阵阵泛红，这已经超乎一般的道德观念；卡特琳透过自己的带柄眼镜，把妒忌的目光射向他们二人，为了不放过他们二人中任何一人在剧中所扮演的角色；亚历山德林娜不断向普希金卖弄风情，普希金真正爱的是她，如果从原则上他嫉妒的是自己的妻子，那么从感情上则是自己的妻姐。总之，这一切都很奇怪，所以维亚泽姆斯基伯父硬说他在遮掩自己的脸，并厌恶去普希金的家。"

这一切从远处就可以闻到诽谤的气味。如果普希金和亚历山德林娜关系暧昧，并住在同一栋楼里，他们何必显耀自己见不得人的关系呢？怎能向由于愤怒而咬牙切齿的人卖弄风情呢，等等等等？

不久以前，丹特士亲昵地把普希金家中的冈察罗娃三姐妹戏谑地称作三重奏。普希金的姐姐奥丽佳就亚历山德林娜和卡捷林娜搬入普希金的寓所时给父亲写信说："亚历山大向我介绍了他的妻子——如今竟有三人之多。"自从他们（指赫克伦父子）把妻子中的一位带走，当然就剩下两位了。这就成了以后制造普希金和亚历山德林娜恋情的汤料。难道这不正是造谣说普希金和亚历山德林娜有恋情的核心吗?

当苏菲娅·卡拉姆津娜转述在梅谢尔斯基公馆的聚会的印象时,腔调完全更新,听起来让人惊奇。不知为何初次见不到她固有的容忍和轻率,反而出现了一种枯燥、生硬和远非女性造句的明确性。这时彼得公爵(维亚泽姆斯基)作为支持起了作用(几小时后他将在咽气的普希金床头大哭特哭),好像在遮掩面孔并把脸从普希金的家(又是家!)中避开。与苏菲娅·卡拉姆津娜习惯性的个人观察作风不同("眼帘下垂""透过带柄的眼镜""面对······猛虎的凶相"等),这次是概括性的劝诫,不外是重复她听到的"信息"。

苏菲娅·卡拉姆津娜从谁那里得知普希金"热恋"亚历山德林娜,"从原则"上嫉妒纳塔利娅,而"感情上"嫉妒亚历山德林娜呢?请将这事联系到普希金的宿敌和丹特士的女友伊达丽娅·波列季卡(下边还会提到她)"提醒"特鲁别茨科伊(在敖德萨,那时她们已经七十多岁了),说决斗是因为普希金对亚历山德林娜的嫉妒,还怕丹特士把她带到法国去。这个使谢戈廖夫极为气愤的骇人听闻的谬论,无疑是丹特士的说法。苏菲娅像着了迷似的重复丹特士的话,以致自己都不知道在说什么。很快,近卫军骑兵团的成员们[1]也都大谈此事(还加进了小说《十日谈》

---

① 我愿告诉现代读者们:近卫军骑兵团是皇家第一团,专门为宫廷服务,团中的军官们只能是最有权势、最有财富的家族的少爷们。——阿注

中的故事细节），一些贵妇人在自己的沙龙里也会暗示这一点（她们紧闭双唇，翻动眼球）。（苏菲娅在信中有一句"这是超乎寻常的（?!）缺德事"，简直是为这类情势而说的。）

我请读者注意，卡拉姆津的通信中除了污秽的谩骂，没有一句提到亚历山德林娜和普希金的恋爱关系。在任何情况下，无论是苏菲娅本人在她写给弟弟的极其坦诚的信中，还是其弟弟亚历山大·卡拉姆津本人，都没有提到此事。

如果维亚泽姆斯基想到如此这般，难道他在写给穆辛娜-普希金娜的信中还会扯破嗓子嘶叫吗？

苏菲娅·卡拉姆津娜的信值得一看，原因还在于它写于普希金决斗的那一天、那一时。关于这事，苏菲娅·卡拉姆津娜下一封信（1月30日）中写道："在上星期三，在那一天、那一刻，当这一可怕的结局发生时，我是那么轻率地把这一令人伤心的悲剧告诉了你。"接着描述了发生的一切，已经不是按着赫克伦－丹特士的口述（如星期三），而是按照维亚泽姆斯基或茹科夫斯基讲的。因此，那里没有一句我们过去没有听过的话。当卡拉姆津们写到普希金身亡后的纳塔利娅时，他们当中没有一个人用一个字提到亚历山德林娜，只有一次说：纳塔利娅感到欣慰，因为她的姐姐跟她一块儿去了。

谢戈廖夫不知道卡拉姆津的通信，但在特鲁别茨科伊回忆录中读到类似的内容时，大声叫道："句句是错！"谢戈廖夫说得对。问题在于苏菲娅·卡拉姆津娜和特鲁别茨科伊信息的来源是同一条渠道，即来自丹特士。是他向苏菲娅·卡拉姆津娜和特鲁别茨科伊灌输了普希金和亚历山德林娜有恋情的说法。在特鲁别茨科伊的记录中，除了他的声音以外没有别的内容。近卫军骑兵团的成员们像卡拉姆津—维亚泽姆斯基的小集团（即欢乐的伙帮）中的青年们一样，也被丹特士蒙蔽了。

谢戈廖夫对特鲁别茨科伊的回忆录估计不足。回忆录中提及的一切事不是特鲁别茨科伊的话而是丹特士的话（有一部分是波列季卡的话，反正都一样）。与它相似的是，有的话不是丹扎斯说的而是普希金本人说的。特鲁别茨科伊是从丹特士本人那里得知普希金不是为自己的妻子，而是为自己的妻姐进行了决斗。这应当为"可怜的乔治"洗刷一些污泥，并把普希金踹进泥坑，因为他损害了母亲托他保护的少女的荣誉；同时是对普希金11月份的信的报复，因为那封信里点出了丹特士和赫克伦肮脏的关系（"你们的混蛋或所谓的混蛋"）。

特鲁别茨科伊在巴甫洛夫斯克的别墅中所说的话，都是丹特士的话，有波列季卡在敖德萨的回忆为证。无论是普希金的创作也好，他的书信也好，还是关于他的论述也罢，特鲁别茨科伊都没有读过。他由于无知，竟然确信亲嘴、角落、台灯、蜡烛……胡子等无稽之谈。他认为丹特士是机智、优雅、善于和女性打交道的理想人物，他和卡拉姆津的欢乐的伙帮所有成员一样倾心于丹特士。

如此一来，特鲁别茨科伊的回忆从胡说八道变成了具有头等重要意义的证据，这使谢戈廖夫大为恼火：这是丹特士本人说法的唯一的、真正的记录。

显然，传播这一说法的任务也交给了波列季卡①——即斯特罗加诺夫的女儿，她对丹特士颇有好感（卡捷林娜给她丈夫写的信中说，当波列季卡得知丹特士要走时，大哭起来），她是普希金的誓不两立的仇敌。波列季卡一生都是如此。她是那么仇恨普希金，以至于到了1889年她还把他说成是恶棍、胡诌乱编的诗人，等等。看来，斯特罗加诺夫一家人对普希金的态度都是如此，她就是其中的一个。她和科科保持了良好关系，在寄往苏里茨，即丹特士和卡捷林娜居住地的信中讲了一些"非女性"的信息，如关于普希金物质情况与文学事业，幸灾乐祸地谈及普希金死后他的书的发行量似乎没能证实他所预期的希望，等等。

让我们把一无所知的赫克伦1月匿名信的内容②和波列季卡所讲的事对比一下——有很多意味深长的吻合：阿拉波娃大概是根据她的话硬说，1837年1月纳塔利娅和丹特士是在波列季卡寓所幽会，当时兰斯科伊守在那里，其实他当时正在罗斯托夫或沃罗涅日。看来根本没有过这次幽会，否则我们从其他来源也可以

---

① 要谈这位太太既复杂又困难。她不属于卡拉姆津—维亚泽姆斯基的欢乐的伙帮一伙，她丈夫是丹特士的朋友与骑兵团的团友，她是纳塔利娅最要好的女友，但在1月的名单中却没有提到她的名字。

② 阿赫玛托娃记错了：军事法庭上谈到了1月里的几封匿名信。如："今年1月26日普希金收到无署名的信件后，随即寄给被告的父亲……"——俄注

知道这事。

　　谢戈廖夫认为普希金和亚历山德林娜的恋爱故事全是阿拉波娃杜撰的，她是兰斯科伊和纳塔利娅的女儿，其目的就是为了证实纳塔利娅品行端正。我认为她是在利用而并非杜撰。伊达丽娅·波列季卡正是由赫克伦父子编造出来的这一说法培养和哺育起来的，直到她咽气。她在敖德萨无休无止地把自己那无耻的谣言灌输给半傻不傻的特鲁别茨科伊（关于这事，他在巴甫洛夫斯克别墅里亲口告诉了自己的听众）[1]。她告诉薇拉·费奥多罗夫娜·维亚泽姆斯卡娅，说亚历山德林娜向她"坦白"，说到她，她就出现了。

　　赫克伦和波列季卡都是自己那个时代、那个圈子里的人，他们坚信只有这种谎言才能在上流社会人物眼中糟蹋普希金并彻底置他于死地。[2] 难怪特鲁别茨科伊写普希金和亚历山德林娜的恋爱史时说："报刊上根本不提那些事（指致命的决斗的各种原因），因为它会给我们所珍惜的一位俄罗斯人投下阴影。"他还记得，可是谢戈廖夫已经不记得了，也不明白这种谴责何其有失体面和荒谬绝伦，然后大家都带着微笑重复这个"传说"，甚至给

---

[1] 谢戈廖夫在自己的著述中说："前不久波列季卡在敖德萨去世……我曾经和她常常回忆这个场面，对此我记得清清楚楚。"

[2] 可是新的时代来临了，先是巴尔捷涅夫（已到老年），继之是谢戈廖夫把波列季卡的谰言翻腾出来，并轻易地相信了她的谰言，更不用说20世纪的当代读者了。后者兴奋异常："她更了解他，她热爱他的诗。"爱普希金的诗——听起来像某种罕见的新闻或立了大功似的。——阿注

诗人的女友写些短诗。

于是，拉了一下不显眼的线头（亚历山德林娜），我们却拖出一件可怕的、极丑陋的东西，也就是说如果1月27日的决斗由于某种原因而未举行的话，就会发生的事。我在文章中已经证明，为了把各种谣言传播于世，那位外交官动用了近卫军骑兵团的所有成员（各位军官老爷们甚至愿意重复《十日谈》中的细节）①，至少还有彼得堡两个沙龙——涅谢尔罗德和博布林斯卡娅——散布谣言，不管怎么痛苦，但不得不确认还有和普希金友好的两家——维亚泽姆斯基和卡拉姆津——的一些青年人。我愿提醒各位，苏菲娅·尼古拉耶夫娜·卡拉姆津娜在普希金逝世后还一再强调——只希望丹特士别出什么事。②至于普希金本人说过什么，已经无人感兴趣了。他几乎成了"笑料"（见亚历山大·卡拉姆津写给他哥哥安德烈信中的话），并马上犯下罪行。应当把无辜的亚历山德林娜送到乡下母亲那里去以保持永恒的童贞，而冈察罗夫兄弟中的一个应当在彼得堡众人的同情之下，在决斗中打死普希金，因为他受其母亲委托寄养在家

---

① 我在前面已经提到了普希金家庭的悲剧和由特鲁别茨科伊根据丹特士的话而飞速传播开的世界性的无稽之谈。——阿注

② 苏菲娅·尼古拉耶夫娜·卡拉姆津娜1837年2月2日写给弟弟安德烈的信中说："我高兴的是丹特士完全没有受伤，既然普希金命定成为牺牲品，就让他是唯一的牺牲品吧。"2月10日她又提到这个问题："近卫军骑兵团将对丹特士进行审判，我希望对他不要有任何损害，让普希金成为唯一的牺牲品吧。"——俄注

中的冈察罗娃的一个姐姐失去了贞洁。

当时这种关系被看成是乱伦，很难想象普希金的父亲谢尔盖·利沃维奇说的一句话会成为证据，说什么亚历山德林娜比寡妇还悲伤。

难道普希金的父亲能够对刚刚死去的儿子说出如此有损脸面的话吗？他只说了一句（也想说的一句）：看到这一可怕灾难的陌生人会比寡妇更加难过，因为她不仅以没心没肝的样子对待自己的公公，举止行为也让众人惊讶。老父亲得知亚历山大·谢尔盖耶维奇丧命以后，久久不敢相信，当别人向他说明这是事实时，他说："我只剩下一点：祈求神灵不要夺走我的记忆，以便不忘记他。"①

完全可以有把握地说，当时根本不存在普希金暧昧关系的谣言，否则亚历山德林娜不能在1839年成为宫廷女官。②

除此之外，大家忽视了一个接近"此事"的人——纳塔利娅。

大家都知道，她的嫉妒心很强（见普希金的信），难道她能逆来顺受地容忍自己的丈夫和姐姐在家中不为他人目光所及的地方发生丢人的暧昧关系吗？

---

① 1837年2月5日，叶甫根尼·阿布拉莫维奇·巴拉腾斯基写给彼得·安德烈耶维奇·维亚泽姆斯基的信中说，当有人告诉他发生了可怕的事情后，他当即去看望老人（普希金的父亲）。他像发了疯似的久久不能相信。然后他面对不知该如何出言相劝的众人说："我只剩下一点：祈求神灵不要夺走我的记忆，以便不忘记他。"说这话时，语中充满柔情，让人撕心裂肺。——俄注
② 1839年1月1日，当亚历山德林娜和纳塔利娅一起从彼得堡归来时，她被指封为皇后的宫廷女官。——俄注

232

当初纳塔利娅那么嫉妒丹特士，致使整个彼得堡上流社会都看得一清二楚，再有，按苏菲娅·卡拉姆津娜的说法，提到卡捷林娜的婚事时，她几乎气急败坏地说，再不想和姐姐通信了，甚至在自己家中连大姐的画像都没有，而亚历山德林娜在她心中永远是最亲爱的、忠实的、可信的朋友。如果相信阿拉波娃的谰言，纳塔利娅在1852年甚至和她二姐商量过，怎样把她和她丈夫的关系更好地告诉未婚夫弗里江格夫①。

至于这一"不能容忍的恋情"的其他三个证据，同样是虚无缥缈的。薇拉·费奥多罗夫娜·维亚泽姆斯卡娅这时已年高八十，我们没有必要相信她的话了。她当然只关心如何摆脱对她（普希金决斗一事是告诉她的）和她家人的各种控诉。第二个证据，亚历山德林娜婚前对未婚夫弗里江格夫的忏悔，这也是同一个阿拉波娃讲的，忏悔之后弗里江格夫对普希金的印象似乎变坏了——这简直让人笑掉大牙。最后一个证据，女佣在普希金的沙发上拾到了一个小小的十字架，或是一条小项链，是普希金临终前让她转交给亚历山德林娜的②，其动机完全可以做另一种解释。

①　弗里江格夫是奥地利驻彼得堡使馆一位官员，亚历山德林娜·冈察罗娃的丈夫，他们结婚后一起去了国外。
　　阿拉波娃在自己那些荒谬绝伦的回忆录中向大吃一惊的读者们说，亚历山德林娜出嫁前，她们姐妹二人长时间商量如何更巧妙地告诉未婚夫，说未婚妻不是处女，说她的情人是普希金。
②　据说这条小项链一直挂在弗里江格夫家中。难道还能认真地说那条小项链就是华丽宅邸主人和自己妹夫的"不能容忍的恋情"的证据？——阿注

233

当时普希金告诉亚历山德林娜（她作为家中唯一的一位成年人）他要去决斗，她不能不把小十字架交给他，而他把这个小十字架留在了家中，临终前让女佣把它还给亚历山德林娜。我想，女佣的话可以不去讨论，尤其是普希金的女佣提到的可能就是那个小十字架。至于普希金临终前不想和阿佳告别，可以证明的不是男女关系，而恰恰相反，否则他知道自己将要死去，大概一定想求得她的宽恕。

我觉得，普希金更可能知道亚历山德林娜在他家中起的作用，相当于卡捷林娜在 1836 年夏天。

普希金为什么恨卡捷林娜，甚至在 11 月份的信中还把她骂了一通？可能因为他正像周围的人一样，知道她在丹特士事件中的初期作用①。

普希金为什么坚决拒绝和亚历山德林娜诀别？大概由于同一个原因。亚历山德林娜不能不成为小妹妹的助手，也就是心腹。正在热恋中的纳塔利娅需要有人替她办些琐事。最接近、最可靠的就是亚历山德林娜。她能够在 18……年在日记中得意地写到纳塔利娅和丹特士在她家的花园中散步，而且和他完全和解了。她在奥地利的这段可怕的记录（那时她已是相当成熟的女人），难道不是她在彼得堡活动的继续吗？如果那时她不理解这种记述有

---

① 1836 年夏天，科科（即卡捷林娜）爱上了丹特士，她促进纳塔利娅和丹特士见面，为的是自己能看见他。——阿注

失体面，那么在 1836 年她又能理解什么呢？那时她和欢乐的伙帮其他成员一样，正沉迷于丹特士的影响和魅力之下。

让我们回忆一下茹科夫斯基关于丹特士和卡捷林娜的行为的简要记述："他当着姨妈的面，对妻子温柔体贴；而当着亚历山德林娜和其他人的面，可以说是粗鲁放肆。"丹特士需要有人告诉纳塔利娅他对妻子的粗暴，以此证明他对纳塔利娅本人的伟大激情。于是亚历山德林娜便去丹特士那里，回来后说丹特士几乎要打科科。普希金夫人高兴得不得了——那么说他真的爱我，那么说这就是伟大而高尚的激情。

当研究人员谈起亚历山德林娜时，不知为什么总带有假仁假义地备受感动的腔调，他们忘掉她是冈察岁娃姐妹当中最爱打扮的一个（杨柳细腰），被茹科夫斯基称作是小羊羔，被欢乐的伙帮成员中的丹特士舔来舔去，她一直处于与普希金对立的环境中。①

从各方面来看，亚历山德林娜常和自己的两个姐妹外出，既不过问家务，也不管教孩子们②，但是由阿拉波娃创造的一个谦虚的、聪明的、善良的和丑陋的姨妈形象却非常走运。同一位阿

---

① 参阅卡拉姆津的书信：和阿尔卡基·罗赛特调情，我（也许过于大胆）把这事和阿拉波娃所描写的丹特士家庭生活相比，卡捷林娜难过的是她丈夫爱恋纳塔利娅。我之所以这么做，因为阿拉波娃的来源更可能出自同一个亚历山德林娜。——阿注

② 普希金在写给博布林斯基的信中请他讲一讲：请哪一位未婚妻去参加舞会才能恢复家中的和睦。——阿注

拉波娃继而又把姨妈描绘成妖婆、神经质、家中的暴君（她禁止纳塔利娅和兰斯科伊一起乘车游玩）。读者信了她的话，而且一劳永逸，这话不容改动了。大家现在仍在重复它。怎么也不能说亚历山德林娜是普希金一伙里的人。她的姨妈卡捷林娜·伊万诺夫娜·扎格里亚日斯卡娅也是如此。[①] 她也好，另一个女人也罢，虽然都与纳塔利娅有关，但情况完全不相同。大家都知道，阿拉波娃的回忆录中关于普希金没有一句好话。

这可疑的信息来自何方呢？来自纳塔利娅？但她已于 1863 年去世，那时阿拉波娃才十八岁。哪个做母亲的，就算是像纳塔利娅这种说三道四的人，能向自己十八岁的女儿讲述普希金凌晨才从"阿马利"回来，还有丹特士总出现在被赞美的冈察罗娃三姐妹面前？

这就不能不牵扯到亚历山德林娜，阿拉波娃后来在国外和她见过面。

[①] 卡捷林娜·伊万诺夫娜·扎格里亚日斯卡娅是斯特罗加诺夫的表姐，是普希金的丈母娘纳塔利娅·伊万诺夫娜·冈察罗娃的姐姐，大家都知道她并不赏识诗人。到目前为止，还没有人研究过她与普希金的关系，但认为她对待普希金还是友好的（他在信中没有忘记吻她的纤纤玉手，等等）。这并不等于一切。她曾经给科科戴过婚礼冠，诗人在莫依卡家中濒临死亡时她也去了，但没有进入房间（这很重要）。不管怎么说，她不是赫克伦集团中的人（见赫克伦写给丹特士的信，让他禁止科科给她姨妈写信，也不要对她有所评论）。她既不支持丹特士也不支持普希金，她维护的是纳塔利娅的利益，与亚历山德林娜的做法很相似。人们所见的是他们想看到的东西，所听的是想要听到的声音。
——阿注

按阿拉波娃的说法，普希金是个赌光了的倒霉蛋、粗野的好色之徒（"他又去过'阿马利'"），是个专门折磨受难受害的女性的坏男人。[1] 阿拉波娃甚至没有想到翻阅一下普希金给妻子写的温柔细腻的、关心备至的和优美动人的书信。这个形象是她母亲、亚历山德林娜，大概还有波列季卡，灌输给她的。

丹特士则大大不同，接待他的排场十分豪华：他每次的来访，身无分文、在旅馆患病，和达官显贵频频见面，他青年时代的俊美，他们的友谊令人惊羡……这位当年年富力强的骑兵团成员，终生保留了唯一的、崇高的爱情。我估计这方面也不见得没有纳塔利娅、波列季卡和阿佳姨妈出力（让我提醒一句，丹特士对于阿拉波娃来说，就像对普希金的其他儿女一样，属于姨父辈。这一点与丹特士的亲孙子梅特曼编写的丹特士传记的腔调也毫无差异）。

亚历山德林娜后来的生活中没有任何东西能证明她在普希金的生活中扮演过"善良的安琪儿"的角色——她没有保留任何纪念他的物件，但不用吹灰之力就能看出她与丹特士一家人的良好关系。由她教养的普希金的两个儿子（亚历山大和格里戈里）经常到苏里茨去看望"乔治姨父"，正像杀害普希金的刽子手的孙子——梅特曼所说。他们在那里聆听"姨父"讲些有关俄国的曲

---

[1] 已故玛·格·索洛米娜 1924 年对我说过，她在上流社会见过阿拉波娃，阿拉波娃高高兴兴地跟她说，她的母亲（即纳塔利娅）二婚后远比第一次婚姻幸福。——阿注

折而惊险的故事，这与我们从阿拉波娃那里听到的相同，他们一点也不觉得难堪。

普希金的两个女儿也是由亚历山德林娜抚养大的，常和埃尔萨斯的几位表姐通信。

亚历山德林娜有一封信提到在维也纳老赫克伦家中午餐的经过，好像是把纳塔利娅气火了。她不可能不知道他在普希金事件中的作用。阿拉波娃在她家中认识了丹特士的女儿——万达里伯爵夫人——还欣赏了两姐妹赠给卡捷林娜的结婚礼物——一对手镯。

丹特士本人常到维也纳郊区别墅去看望弗里江格夫，正像我已说过的，亚历山德林娜在日记里扬扬得意地记述了他在那里见到了纳塔利娅，和她在公园里逛了一整天，他们完全和解了。她一生都保留着丹特士对她妹妹伟大而高尚的激情的传说。

1962 年

附录

一

文章结尾的提纲

一、普希金的藏书与亚历山德林娜。

二、亚历山德林娜家中收藏的"乔治姨父"的像。

三、茶碗——阿佳的礼物。腰部带褶的大衣。

二

普希金逝世后，在遗孀家中对他没有任何祭礼。相反，也许与普希金有联系的一切都会让纳塔利娅难过。但，为什么能够管家的亚历山德林娜对藏书和带褶的大衣①（哪怕是留给孩子们）没有表现出丝毫的关心呢？

前不久，我读到亚历山德林娜给哥哥德米特里的信。说句实话，信中除了一再要钱以外，没有别的内容。然而从第一条中可以看出亚历山德林娜和大姐卡捷林娜出席过上流社会活动，而从最后一条中可以知道她一定和欢乐的伙帮在一起，所以和别人一样沉迷在丹特士的影响下。信中没有提到普希金，而对兰斯科伊一再问候。总之，一切理所当然。

三

由亚历山德林娜教养的普希金的两个儿子常到丹特士家中去做客（"乔治姨父杀死了爸爸"），而两个女儿和自己的表姐妹们通信。亚历山德林娜居住在兰斯科伊的将军府里，居然没有想到保存诗人的藏书。她写给弟弟的信中，一次也没有提到普希金，既没有提到生前的，也没有提到去世后的普希金，可是她却提到兰斯科伊的一些琐事（如有关出售他的马的事）。

四

在亚历山德林娜的豪华寓所里，在餐厅中，直到1940年战

---

① 指普希金决斗时穿过的带褶的大衣。——俄注

争，一直挂着丹特士的像。对于我个人来说，这足以证明她从来没有爱过普希金。拉耶夫斯基在他的文章中企图用弗里江格夫作为一家之主的忌恨来解释在他连襟家中不挂普希金像的原因（这种感情显然是他传给了自己的女儿，认为她妈有过乱伦的行为。）我觉得如果挂上两个人——杀人者和被杀者——的肖像会更体面些。是否应如此悬挂亲属们的肖像？譬如，纳塔利娅从来也不挂已故姐姐的肖像（她死得很可怜①），因为她从来没有原谅她姐姐夺走了丹特士。

毫无疑问，餐厅中的这幅肖像——正是我文章开始时说到的，是对丹特士怀念的余音，这肖像会使此家女主人永记那"幸福的时光"，那时近卫军潇洒的成员处处出现在对他赞叹不已的三位冈察罗娃姐妹面前（见阿拉波娃的回忆录）。②

---

① 卡捷林娜·赫克伦（冈察罗娃）1843 年死于产褥热。——俄注
② 亚·波·阿拉波娃写道："亚历山德林娜对我讲过，他（丹特士）对她们散步或外出的消息非常灵通，简直令人难以置信，常常成为笑料。姐妹们不时猜测，有一次甚至打了赌。某一天早晨她们突然想去戏院，弄到一个包厢，亚历山德林娜顺便说了一句：'哎，这次赫克伦（丹特士）不会来了！他自己想不到，别人也无法告诉他！''可是我们还是会看见他！'卡捷琳娜反驳道，'每次都是如此，来，打赌吧！'的确，他们还没有来得及落座，就看到了仪表堂堂的军官，响动着刺马针，走进了池座。"

少女的心声

这里译的十封信，是阿赫玛托娃十八至十九岁写的。她大胆地、毫无顾忌地展示了一颗少女的透明的心。她感情奔放，坦率地谈论自己的心境。她播撒爱情种子，追求幸福生活，然而收获的却是眼泪与辛酸。

为了使我国读者更好地了解这十封信笺的内容，有必要简单地介绍一下阿赫玛托娃的家庭背景与她当时所处的环境。

"阿赫玛托娃"——是诗人选用的笔名，她本姓戈连科，出生于一个退役的海军机械工程师家中。1905 年父母离异后，她随母亲迁往南方，住在叶夫帕托里亚市亲戚家里，后来又搬到基辅市，寄人篱下，饱尝难言之苦。1907 年她毕业于基辅市丰杜克列耶夫学校，由于身体有病，没有立即报考大学。

阿赫玛托娃兄弟姐妹六人，她排行第四。他们几乎无一不患有肺病，所以阿赫玛托娃从幼年即对疾病有恐惧感，并把这种感觉带进她的诗中。大姐伊琳娜在阿赫玛托娃未出世前就夭折了。二姐伊娜去世时年方二十二岁。哥哥安德烈和小妹伊姬都在 20

世纪 20 年代初相继离开人间。

这十封信是阿赫玛托娃写给她的二姐夫谢尔盖·弗拉基米洛维奇·施泰因的。施泰因（1882—1951）是位文学家、诗歌翻译家。他们通信时，施泰因已是鳏夫。他们二人很要好。安娜对他无话不说。

安娜的信中涉及的问题不少，如生活在外姓人家的苦闷和烦恼，疾病的折磨和威胁，对父亲的不满和对母亲的怜悯，对诗歌的爱好，等等。然而十封信中流露出来的最主要的内容是对爱的向往和追求。她倾慕一位叫弗拉基米尔·维克托罗维奇·高列舍夫-库图佐夫的青年大学生，即信中简写的"高-库"。她一而再、再而三地向二姐夫索要"高-库"的相片。当她得到他的相片时，却又立刻通知二姐夫：她准备与自己少年时代的朋友古米廖夫结婚。后来因病，婚期拖延了数年。她与古米廖夫都是诗人，按理说生活可以是美满的，但他们在一起共同生活了八年（1910—1918）便离婚了。

阿赫玛托娃说过，她十一岁时写成第一首诗，十六至十七岁时又"写了不计其数不成样子的诗"（见阿赫玛托娃《简略的自述》）。这些诗似乎都没有保存下来。我们在她 1907 年 2 月 11 日的信里看到了她青年时代的诗作《我会爱》。爱——人生中最神圣的感情，阿赫玛托娃青年时代就憧憬它，而且对它充满了自信。可惜她的生活实践作了谜一般的回答。在《我会爱》一诗中，我们可以感受到爱的喜悦和爱的苦痛，那是少女的心声，是幸福的幻影。那是她走向诗坛时迈出的头几个不稳健的脚步，是她在诗的世界里发出的最早的呷呀之声。不过，那时她已颇有把握地声明自己是"诗人"。随着岁月的流逝，社会的变迁，个人酸甜苦辣的经历，见识的积累，人生哲理的领悟，这位多愁善感的弱女子终于成长为20世纪最重要的诗人。

这十封信的可贵之处在于：它们是阿赫玛托娃成为诗人前的真挚的自白。这十封信在档案库中存放了几十年。收信人谢尔盖·弗拉基米洛维奇·施泰因死了第一个妻子，即阿赫玛托娃的二姐伊娜之后，大约于1908年再次结婚。20世纪20年代初，施泰因永远离开了俄国。他的第二位妻子改嫁高列尔巴赫。高列尔巴赫深知这十封信的价值，便于1935年把它们交给了苏联国立文学博物馆保存。他们考虑到信中涉及一些生者的私生活，便要求博物馆在安娜·阿赫玛托娃健在时，绝对不能公开这十封信笺，不管是全文或是摘录。

安娜·阿赫玛托娃已经作古。这十封信笺成了研究她坎坷的生平、复杂的创作，以及了解她在崎岖人生道路上如何探索真理的珍贵材料。

这十封信译自美国密歇根州阿尔迪斯出版社1977年出版的俄文版《安娜·阿赫玛托娃：诗、书信、回忆、肖像集》。

高莽

青年时代的十封信

一

1906 年

我敬爱的谢尔盖·弗拉基米洛维奇，也请您原谅我，这桩蠢事我比您负有千倍大的责任。

您的来信使我无比高兴，恢复过去的关系让我感到非常幸福，因为不可能有比我更孤独的女性了。

我堂兄舒特卡说我的情绪是"不知人间烟火的冷漠"，其实我觉得他是不想让我冷漠，真让我伤心。

老实说，这一切不过是些无聊的琐事罢了，实在不愿意去想它。

当家里的人都到酒馆去吃饭，或是去看戏的时候，我才拥有一段美好的时光。这时我在黑暗的客厅里谛听寂静。我总是在回忆过去，过去是那么宏大、那么明亮。这儿所有的人对我都很好，可是我却不喜欢他们。

我们是些太不相同的人了。我总是沉默和哭泣，哭泣和沉默。这些现象在他们眼里当然被看成是怪事，但我没有别的毛病，所以大家对我还是抱有好感。

8月以来，我白天黑夜都在盼望到皇村去过圣诞节，去瓦丽娅①家，哪怕是只住三天。老实说，我在这里熬日子就是为了那一天，一想到我会到那里去，连呼吸都感到紧张，在那儿……唔，反正都一样。

前不久安德烈②告诉我，去那里是不可能的，我头脑里顿时出现一片冷飕飕的空虚，甚至都不能哭了。

我亲爱的施泰因，您该知道我是多么愚蠢，多么幼稚！对您坦白地说，我至今还爱着高-库，真让人羞愧，可是我生活中除

---

① 瓦丽娅，即瓦列丽娅·谢尔盖耶夫娜·斯列兹涅夫斯卡娅（娘家姓秋利帕诺娃），她是阿赫玛托娃皇村学校的同学，二人终生交好。阿赫玛托娃1923年写的《用经验代替智慧，如同……》一诗，就是献给她的。1964年，阿赫玛托娃又写了一首悼念她的诗：《几乎是不可能，你一直还存在》。
② 安德烈，阿赫玛托娃的大哥（1886—1920）。

了这种感情之外，没有任何东西了。

　　阵阵的焦虑、长期的苦恼和涟涟的泪水，使我的心脏得了神经官能症。自从收到瓦丽姬的信以后，我几次发作，有时觉得我的生命马上就要结束了。

　　我给您讲这些事，也许是犯傻，不过我想开诚布公，又无人以对，而您，则会理解。您是如此能够体贴人，且对我很了解。

　　您想让我幸福吗？如果想的话，就请把他的相片给我寄来。我请人翻拍一下，然后马上还给您。也许他给过您近照。请放心，我不会像南方人爱说的那样把它给"吞"了。

　　您是位好人，给我写了信。我万分感激您。您近来在做什么，想什么，是否常跟瓦丽娅见面？

您的阿尼娅①

　　P. S. 我建议把托尼卡塞入……②安德烈对我说，他依然如故。给您写信时寄到哪里？

　　我的通信处：基辅市默林戈夫街七号四室　安·安·戈连科。

---

① 阿尼娅，即安娜·阿赫玛托娃的昵称。
② 此句含义不清。

二

1906 年

基辅，默林戈夫街七号四室

我敬爱的谢尔盖·弗拉基米洛维奇，我病得厉害，但还是坐起来给您写信。有件事相告：我想到彼得堡去过圣诞节，可是去不了，一则因为没有钱，二则因为父亲不让去。这两件事您都帮不上忙，但问题不在于此。当您收到这封信时，请立刻给我回封信，告诉我圣诞节时库图佐夫是否会在彼得堡。倘若他不在，那么我的心境就会安定下来；倘若他哪儿也不去，那么我就去。当我想到我可能去不成时，我就病了（这是追求某一目的的良好手段），我发烧、心跳、头疼得要命。您还从来没有见过我如此可怕的样子。

没有钱。姑妈唠唠叨叨个不休。杰米亚诺夫斯基堂兄每隔五分钟就要表白一次爱情（您可听出这是狄更斯的话？），让我怎么办？

等我来的时候，我要给您讲个惊人的故事，不过到那时您得提醒我，如今我太健忘了。

亲爱的谢尔盖·弗拉基米洛维奇，您可知道，我已经一连四夜不能入睡。如此失眠下去，太可怕了。我的堂姐回庄园了，他们放女仆走了，所以我昨天昏倒在地毯上时，整个住宅里没有一个人。我自己脱不了衣服，我恍惚看到壁纸上鬼脸憧憧！糟透了！我有一种预感，恐怕去不了彼得堡。我太想去。顺便告诉您，我已经戒烟了。堂兄弟堂姐妹们为此还为我祝贺了一番。

谢尔盖·弗拉基米洛维奇，您应当看一看我是何等的可怜和不为人所需要。主要的是任何时候不为任何人所需要。一命呜呼容易做到。安德烈是否对您讲过我在叶夫帕托里亚如何想上吊自缢，结果钉子从石灰墙皮上脱落了？妈妈痛哭，我感到无脸见人——总之，可厌极了。

今年夏天，费多罗夫又吻了我，他还诅天咒地说爱我，他又是满嘴饭味。

亲爱的，天又亮了。

现在我没有写诗。惭愧吗？是啊，可何必呢？

快快回信告诉我库图佐夫的近况。

对于我来说，他就是一切。

您的阿努什卡①

P. S. 请您把我的信都销毁了。至于我信中告诉您的事，不要外传，更不应当为他人所知。

---

① 阿努什卡与阿尼娅一样，也是安娜的昵称。

三

1906 年 12 月 31 日

　　敬爱的谢尔盖·弗拉基米洛维奇，心脏病几乎持续了整整六天，使我未能及时复信。各种各样不愉快的事源源而来，昨天妈妈拍来电报，说安德烈得了猩红热。

　　节日这几天我是在瓦卡尔大姨妈①家里度过的，她不容我。所有人都千方百计地嘲弄我。大姨父爱叫爱骂，不亚于我父亲。如果合上两眼，完全如在幻觉中。他一天要叫骂两遍：吃午饭的时候叫骂一遍，喝过晚茶之后再骂一遍。我有个堂兄弟沙沙，他过去是助理检察官，现在已经退休，今年他在尼斯过冬。这个人对我妙不可言，使我不胜惊讶，可是瓦卡尔大姨父瞧不起他，于是，我因为沙沙的关系而成了一个受难者。

　　我这位大姨父开口闭口不是"窑子"就是"婊子"。可是我

---

① 瓦卡尔大姨妈，即安娜·埃拉兹莫芙娜·斯托戈娃。

表现得那么无所谓，致使他厌于叫骂了，所以最后一个晚上我们是在和和气气的谈话中度过的。

除此之外，使我感到难受的是谈论政治和腥味的饭菜。总之可恶极了！

您或许能用挂号信把库图佐夫的相片寄给我？我只是准备根据它为颈饰做一个小小的像，然后立即寄还给您。为此我将对您表示无限感激。

他大学毕业后准备干什么呢？为什么您不按我们事先说定的给我拍封电报来？我日夜等电报，筹备了一笔款子，准备了几套衣服，几乎买了车票。

看来，我的幸福只能如此！

现在我一个人在家里，接待客人，利用空闲时间给您写信。这么写，当然不会有助于我书信的严整性——不过，您会原谅的，对不？

您若有空，把您的情况写信告诉我。我们已经很久未见面了。

过两天我准备去照相。给您寄张相片吗？

P. S. 祝贺新年万事如意。

四

1907 年 1 月

亲爱的谢尔盖·弗拉基米洛维奇，您该知道，您对待我这个不幸的小姨子太狠心了。莫非说给我寄张相片，写上几个字，就这么难?!

我已经累了!

我等待了不多不少足足有五个月。

我的心脏糟极了，只要心脏一疼，左臂就完全不能动弹。安德烈的健康如何，家中没有给我来信，所以我估计他的情况不佳。

您一直缄默不语，或许也在患病? 我不待生活开始，生活便结束了。真令人悲伤，但事实就是如此。您的姐妹们都在哪儿? 大概都上大学了吧。啊，我多么羡慕她们，看来，我永远上不了大学了，只能上烹调大学。

谢廖沙①，请把高-库的相片寄给我。这是我最后一次请求，说句良心话，以后再不求您了。

我相信您是位好朋友，真正的朋友，您对我的了解超过所有的人。

请回信。

---

① 谢尔盖·弗拉基米洛维奇的昵称。

五

1907 年 2 月 2 日

　　亲爱的谢尔盖·弗拉基米洛维奇，这是本周我给您写的第四封信。请不要奇怪，我是怀着好意的执拗劲儿，决定通知您一件事，这件事将从根本上改变我的生活，然而要开口说出来竟是如此之难，以至于我拖到今天晚上还没有下定决心把这封信寄出去。我即将嫁给我少年时代的朋友尼古拉·斯捷潘诺维奇·古米廖夫。他爱我已经爱了三年，我相信我做他的妻子是命中注定。我不知道我是否爱他，不过，我觉得我是爱他的。您还记得瓦·勃留索夫的诗吗：

> 我的老仇人呀，我的姐妹，
> 被钉在十字架上受难，
> 把手伸给我！伸给我！
> 剑已挥起！快！是时候了！

于是，我把手伸给了他，至于我心灵里发生了什么事，我的忠实的、敬爱的谢廖沙，只有上帝和您知道，让我留下这

……必不可免的审判给大家，

作为最高的天职——充当刽子手。

我们的情谊、您的来信，都让我感到无比欢欣，它们散发出明媚的愿望的光芒，温柔地抚爱着我这颗伤残的心。

现在，当我特别痛苦时，请您不要不理我，虽然我知道我这一举动不能不使您感到震惊。

您想了解我为什么没有立刻给您回信吗？因为我在等待高-库的相片。当我收到相片之后，我才想向您宣布我要结婚的消息。这种做法是卑鄙的。为了惩罚自己的怯懦，我今天才动笔写信，而且，不管我的心情多么沉重，我都要把一切都写出来。

您在写诗！多么幸福啊，我真羡慕您。我喜欢您的诗，一般说来我喜欢您的风格。

您写的那一本诗保存在我们家里，等我回去时，把它给您寄来，如果安德烈没有抢在我之先。我什么也没有写，也永远不想写了。正像约朗塔①说的，我杀死了自己的灵魂，我的眼睛是为泪水而长的。也许您还记得席勒作品中那位有预见能力的喀山德

---

① 约朗塔，柴可夫斯基同名歌剧中的女主人公的名字。

拉吧？我的心紧贴着她那昏暗的形象，就受苦受难的意义来说，她是伟大的预言家。不过我离伟大二字相差十万八千里。

关于我们的婚姻，请不要告诉任何人。我们还没有选定什么时候在什么地方举行婚礼。这是秘密，我在写给瓦丽娅的信中甚至一字也没有提及此事。

请给我来信吧，谢尔盖·弗拉基米洛维奇，我羞于启口求您写信，占用您宝贵的时间，但读您的来信——我心情愉快。

为什么您称呼我安娜·安德烈耶夫娜？在皇村最后一年里，这种礼节性的称呼已经完全不用了。我那么称呼您，另有原因。年龄的悬殊，地位的差别，关系重大。

无论如何请把弗维①的相片给我寄来。看在上帝的情面上，我在人世间没有比这更强烈的愿望了。

您的阿尼娅

P. S. 费多罗夫的诗，除了少数几首之外，的确都苍白无力。他的才华不鲜明，而且十分可疑②。他不是诗人，而我们，谢廖沙——是诗人。感谢您的十四行诗，我读时很满足，但我应当承认，我更喜欢的还是您的札记。亚·勃洛克可有新的诗作出版？——我的姨妈是他的热心崇拜者。

您那儿有尼·古米廖夫的新作吗？他现在在写什么、写得怎么样，我一点儿也不知道，我又不想问他。

---

① 弗维，即弗拉基米尔·维克托罗维奇·高列舍夫-库图佐夫（高-库）。
② 俄文版此处有个拉丁文"sic"，意为"原文如此"。

六

1907 年 2 月

我敬爱的谢尔盖·弗拉基米洛维奇，不等您给我回信，我又给您写了。我的科利亚①大概准备到我这儿来——我真是幸福得发狂。他给我写了一些我看不懂的话，我只好带着他的信去找熟人求教。每次他从巴黎来信时，别人总是把信藏起来，不让我看见，然后提心吊胆地把它交给我。继之而来的是我神经性发作、冷敷及这一家人的困惑莫解。这都怪我性情好激动，没有其他原因。他是那样地爱我，甚至让我害怕。父亲一旦知道我的决定，您想他会怎么说呢？倘若他反对我的婚姻，我就会逃走，并偷偷地跟尼古拉斯结婚。我无法尊重父亲，我从来没有爱过他，为什么要听从他的意见。我变得凶狠、任性、令人无法容忍。啊，谢廖沙，意识到自己有这样的变化是多么可怕。我敬爱的好朋友，

———————————

① 科利亚和下文的尼古拉斯一样，都是尼古拉·古米廖夫的爱称。

您可别变。倘若明年我能在彼得堡住下去，您会经常到我家来吧，是不？您可别不理我，我恨自己，瞧不起自己，我忍受不了缠住了我的种种谎言……

快快毕业吧，然后就到妈妈那里去，这儿太闷人了！五个月以来我每昼夜只能睡上四个小时。妈妈来信说，安德烈的病已经痊愈，我把我的欢乐告诉了他，可是他（遗憾的是！）不相信。

吻您，我敬爱的朋友

阿尼娅

七

1907 年 2 月 21 日

我敬爱的谢尔盖·弗拉基米洛维奇，我不知道应该怎样表达我对您的无限感激之情。愿上帝保佑您实现您最强烈的愿望，而我永远永远不会忘记您为我做的一切。要知道，他的相片我等了五个月，相片上的他和我熟悉的他、爱过的他和疯狂地怕见到的他一模一样：倜傥而又冷漠，他用一双明亮的近视眼的疲惫而宁静的目光望着我，令人毛骨悚然，用俄语无法表达。恰好今天纳尼娅①买了勃洛克的第二本诗集。其中有很多太让人想起勃留索夫的诗了，譬如短诗《陌生的女人》，第二十一页。不过，这首诗写得好极了，庸俗的日常生活和奇妙刺眼的幻觉编织在一起。

---

① 纳尼娅，阿赫玛托娃的堂姐，玛丽亚·亚历山德罗芙娜·兹蒙契拉，后来与安娜的大哥结婚。阿赫玛托娃的组诗《欺骗》就是献给她的。

大姨父在我的影响下订阅了《天秤座》①，从预告上来看，今年这个刊物会办得很有意思。我敬爱的谢尔盖·弗拉基米洛维奇，如果您能知道我是多么感激您给我回了信就好了。我现在意气消沉了，我没有给瓦丽娅写信，我时时刻刻等待尼古拉斯的来临。您知道他也是个疯疯癫癫的人，跟我一样。算了，不再提他了。有一次我拿我的诗跟梅什科夫打赌，我输了。因此，他大概就向您打听这些诗。我想给他寄一首小型的长诗去，不署名，描写我们1905年夏季散步的情景。倘若您凑巧知道他的住址，就请告诉我。我们消遣时，休·列里总要在游戏中扮演主要角色。为什么您认为我收到相片以后会闭口不语了呢？啊，不！我若能缄默不语，那就太幸福了。我现在给您写信，我知道他在这里，跟我在一起，我可以看见他——这美得让人发疯。谢廖沙！我的心离不开他。我终生不能忘怀，永不分离的爱情毒浆太苦了！我是否能够重新开始生活？当然不能！然而古米廖夫——是我的命运，我服服帖帖地委身于命运。假若可以的话，请您不要谴责我。我以我的神圣的一切的名义向您发誓，这个不幸的人和我在一起会是幸福的。

寄上我的一首诗。诗写得有些拖沓，而且缺乏感情的火花。请您不要作为艺术批评家来对待我，否则我事先就会感到恐惧。

---

① 《天秤座》，俄罗斯文学月刊，是象征派的主要刊物。1904—1909年出版于莫斯科。它的实际领导人是瓦·勃留索夫。

您在最近的一封信中说，您写了新的作品。请寄给我吧，我会极其高兴地拜读（这是妇女的用语）您的诗。倘若有一天我们能见面，那就太好了。再次感谢您寄来了相片，您甚至不知道您为我效了什么劳，我的好人！

我会爱

我会爱

我会变得温存，含情脉脉。

我会窥视他人的眼睛，

露出迷人的、召唤的、战栗的微笑。

我这柔软的腰肢轻盈，苗条，

芬芳抚弄着鬈发。

啊，谁和我在一起，谁的心灵就不会安宁，

任你纵情撒娇……

我会爱。我的羞愧带着欺骗的色彩。

我是这么怯怯地温存，我总是默默不语……

只有我的眼睛在说话。

眼睛明亮而又纯洁，

眼睛透明而又闪光，

眼睛预示着幸福的降临。

它们会欺骗——可是你却相信，

淡蓝色的光——

变得更蓝、

更温存、更明亮。

鲜红的愉悦留在我的双唇上，

酥胸比山上的雪还白，

细语——像天蓝色的潺潺流水。

我会爱。等候你的是吻。

1906 年　叶夫帕托里亚

八

1907 年 3 月 13 日，基辅

我敬爱的谢尔盖·弗拉基米洛维奇，来信敬悉，我为自己的野蛮无知感到羞愧。昨天我才弄到《人生》①，您信中提到的其他作品，我根本不知道。我突然想去彼得堡，去生活，去看书。可是我已丧失了信心，我只能永远地游荡在陌生的、粗俗的、肮脏的城市里，如过去在叶夫帕托里亚和基辅，将来在塞瓦斯托波尔。我静静地静静地过着飘逝的生活。姐姐在绣花毯，我为她读法国小说或亚·勃洛克的诗，她对勃洛克别有感情。她简直把他神化了，说她的心有一半是属于他的。请写信告诉我，您小组里对达维德·艾兹曼②有什么看法。有人拿他与莎士比亚相比，这种做法使我感到难堪。难道我们要成为天才的同时代人？我们全

---

① 《人生》，列安德烈耶夫的剧本。
② 达维德·艾兹曼（1869—1931），俄罗斯小说家，作品表现犹太人受迫害的题材。

家人准备今年在塞瓦斯托波尔附近的别墅里消夏。6月初，我就到那儿去，如果您能来我家，我会高兴极了，我们已经很久很久没见面了！

我的一首诗《他手上戴着很多亮晶晶的戒指》发表在《天狼星》①第二期上。第三期可能有我到了叶夫帕托里亚之后写的一首短诗。不过是否能刊出，我没有把握，因为寄出的时间太晚了。

如果刊出了，那么请您坦率地把自己的意见告诉我，并希望您把它给别的诗人看看。外行夸它——是不良的征兆。当您批评我的诗时，或转达别人的反应时，请不要客气——反正我再也不写了。对我来说，已经无所谓了！心中的一切都随着那照亮它的唯一光明而温存的感情消逝了。我觉得您很了解我。

> ……请用白玫瑰花给我编一个花环，
> 芳香的雪白的玫瑰花环啊，
> 你在人间同样感觉到孤单，
> 你背负着空虚的生活的重担。

这是我在克里木时写的一首诗《春天的空气威严地发作》中说过的话。

---

① 《天狼星》，古米廖夫在巴黎办的俄文杂志。

古米廖夫为什么要办《天狼星》？这事让我感到惊讶，不过也使我的情绪快活起来。我们这位尼古拉斯倒了多少次霉，可是还不接受教训。那儿的工作人员都像我这么知名和可敬，这一点您可注意到了？我估计是上帝想让古米廖夫头脑发昏。有这种时刻啊！

阿努什卡
P. S. 高-库的考试何时结束？

九

1907 年

敬爱的谢尔盖·弗拉基米洛维奇，虽然从今年春天起您就不给我写信了，可是我有话还是愿意跟您讲。

我不知道您是否已经听说我在患病，疾病夺走了我可以过幸福生活的希望。我的肺有了病（这是秘密），说不定会发展成结核。我觉得我正经受着伊娜经受的病势。如今我准备在相当长的一段时间里离开俄国，所以我才下决心再打搅您，请您将伊娜手中保留的爷爷的手镯交给我。倘若您能实现我的愿望，我将对您感激不尽，但这事有些复杂，因为那件东西价值很高，我怕您认为我想有一件装饰品而不是纪念品。您已经好久没有见到我了，也许您认为我干的是件见不得人的勾当。谢尔盖·弗拉基米洛维奇，如果您有类似的想法，那么我就请求您不要寄手镯，或者不必答复我这封信，在那种情况下，我也不希望得到它。我盼望情况不会如此，因为我们曾经是朋友，即使您对我的态度变了，我对您的态度却丝毫没有改变。

我向您提及手镯的事，请不要写信告诉玛莎姑妈。她对此事可能产生误会。

请您对任何人都不要谈及我的病。如果能做到的话——就是对家人也不要谈。从9月5日起，安德烈就在巴黎了，在索邦。我在患病，在忧愁，在消瘦。得过胸膜炎、支气管炎和慢性肺炎。现在喉咙又在折磨我。我很害怕喉痨，它比肺病还坏。我们的生活相当清苦，不得不自己擦地板、洗衣服。

瞧，这就是我的生活！中学毕业成绩优良。医生说，如果上大学——就是去找死。好吧，我不上——我真可怜我的妈妈。

您一旦见到我，大概会说："啊，这个样子了。"

尘世荣誉转眼即逝。①

别了！我们是否还能见面？

阿努什卡

塞瓦斯托波尔市小海军街四十三号四室

---

① 原文为拉丁文。

十

1910 年 10 月 29 日

基辅市（明信片上的邮戳）

最近回皇村。我提醒您，您曾答应来看望我。请把我的邀请转告叶卡捷琳娜·弗拉基米罗夫娜。哪一天见面，电话里再商定。我在这儿已经病了两周。

握您的手。

安娜·古米廖娃

后　记*

　　这本书虽然字数不多，但我花费的精力却不少。我喜欢阿赫玛托娃的作品，翻阅了二十几本有关阿赫玛托娃的书，其中有正面肯定的，也有反面批判的，但我始终认为她是俄罗斯 20 世纪最不同凡响的大诗人。

　　这本书能够完成（当然还有许多应当补充的地方）我必须感谢一些亲朋好友：

　　徐永强——他不懂俄文，但在美国书店里与老板谈及俄文书籍，并从那里为我购买了 2001 年出版的阿赫玛托娃全集，原版是俄罗斯艾里斯·拉克出版社出版的，书从俄罗斯运往美国，又从美国买回来带到北京，太麻烦他也太浪费他的精力了，可是对于我的工作却有很大的帮助。

　　钮英丽——她在莫斯科工作期间从俄罗斯买到一些有关阿赫玛托娃的著作，并送给了我，她的热心同样让我十分感动。

＊　此篇《后记》是高莽先生为 2016 年人间出版社《回忆与随笔》一书所作。

谷羽——为我的翻译做了一些校订，其功实不可没。

张蓓蓓——从网上为我收集了很多有关阿赫玛托娃的材料，是在报刊上难以找到的。

应当感谢的人太多了，不一一赘述。谢谢大家。

谢谢吕正惠先生，使我这个八十八岁老朽还能出版一部译作。

高莽
2014 年春节

图书在版编目(CIP)数据

回忆与随笔 ／(俄罗斯)阿赫玛托娃著 ；高莽译
. —— 上海 ：上海文化出版社,2018.8
(阿赫玛托娃诗文集)
ISBN 978-7-5535-1233-4

Ⅰ. ①回… Ⅱ. ①阿… ②高… Ⅲ. ①诗集－俄罗斯
－现代②散文集－俄罗斯－现代 Ⅳ. ①I512.25
②I512.65

中国版本图书馆CIP数据核字(2018)第106108号

出 版 人　姜逸青
策　　划　小猫启蒙
本书顾问　谷　羽
责任编辑　任　战　高亮节
版式设定　华　婵
责任监制　刘　学
封面设计　许洛熙

书　　名　回忆与随笔
著　　者　(俄罗斯)安娜·阿赫玛托娃
译　　者　高　莽
出　　版　上海世纪出版集团　上海文化出版社
地　　址　上海绍兴路7号　200020
发　　行　上海文艺出版社发行中心发行
　　　　　上海市绍兴路50号　200020　www.ewen.co
印　　刷　苏州市越洋印刷有限公司
开　　本　889×1194　1/32
印　　张　8.75
版　　次　2018年8月第一版 2018年8月第一次印刷
国际书号　ISBN 978-7-5535-1233-4/I.463
定　　价　49.00元

敬告读者　如发现本书有质量问题请与印刷厂质量科联系
电　　话　0512-68180628